4/14 LG

Bianca

Caitlin Crews
Un jefe implacable

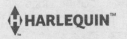
HARLEQUIN™

Editado por HARLEQUIN IBÉRICA, S.A.
Núñez de Balboa, 56
28001 Madrid

© 2012 Caitlin Crews. Todos los derechos reservados.
UN JEFE IMPLACABLE, N.º 2220 - 27.3.13
Título original: A Devil in Disguise
Publicada originalmente por Mills & Boon®, Ltd., Londres.

I.S.B.N.: 978-84-687-2415-7
Depósito legal: M-42113-2012
Editor responsable: Luis Pugni
Fotomecánica: M.T. Color & Diseño, S.L. Las Rozas (Madrid)
Impresión en Black print CPI (Barcelona)
Fecha impresion para Argentina: 23.9.13
Distribuidor exclusivo para España: LOGISTA
Distribuidor para México: CODIPLYRSA
Distribuidores para Argentina: interior, BERTRAN, S.A.C. Vélez
Sársfield, 1950. Cap. Fed./ Buenos Aires y Gran Buenos Aires,
VACCARO SÁNCHEZ y Cía, S.A.

# Capítulo 1

CLARO que no va a dimitir –dijo Cayo Vila con impaciencia y sin levantar la mirada de la mesa de granito y acero.

La mesa de despacho estaba enfrente de un ventanal con vistas a la City de Londres, aunque nunca le había gustado especialmente. Se decía que lo que le gustaba era que los demás lo envidiaran, que eso le complacía más que las vistas. Lo que a Cayo Vila más le entusiasmaba era poseer cosas que los demás anhelaran. Drusilla Bennett, por su lado, estaba entusiasmada de no ser ya una de esas personas.

–No sea teatrera –añadió él con un gruñido.

Dru hizo un esfuerzo para sonreír al hombre que había dominado todos los aspectos de su vida durante cinco años, noche y día y en cada rincón del mundo al que llegaba su inmenso imperio. Había estado a su disposición a cualquier hora del día como asistente personal y había atendido todo lo que había necesitado, desde toda una serie de necesidades personales a su amplia gama de asuntos laborales. Lo odiaba, lo odiaba muchísimo, su piel casi se estremecía solo de pensarlo. En ese momento, al saber la verdad, le costaba imaginarse que había sentido algo hacia ese hombre, pero daba igual, ya había pasado. Él se había ocupado de ello, ¿no?

Sintió ese arrebato de dolor que se había adueñado de ella durante esos extraños meses que habían pasado

desde la muerte de Dominic, su hermano gemelo. Se
había dado cuenta de que la vida podía ser complicada,
pero había seguido adelante. ¿Qué había podido hacer?
Había sido la única que había quedado para atender a
su hermano enfermo... por sus adicciones. Esa semana
había terminado de pagar el montón de facturas médi-
cas y había sido la única que había padecido el sufri-
miento de su muerte, como la incineración y su triste final. Eso había sido doloroso y seguía siéndolo, pero lo
que tenía delante era sencillo. Se trataba de dejar de tra-
tarse como la persona menos importante de su propia
vida. Intentaba por todos los medios dejar a un lado la
sensación de humillación que la había dominado esa
mañana al ver el expediente. Intentó convencerse de
que habría dimitido pronto, de que descubrir lo que había hecho Cayo solo era un motivo secundario.

—Esta es mi notificación por escrito —replicó ella en
ese tono tranquilo, imperturbable y profesional que era
como una segunda naturaleza para ella.

Una naturaleza que pensaba olvidar en cuanto saliera
de ese edificio y se alejara de ese hombre. Se olvidaría de
ese exterior gélido que la había protegido de ella misma
y de él. Sería todo lo caótica, emotiva y teatrera que
quisiera y cuando quisiera. Sería completamente pertur-
bable.

—Mi dimisión es efectiva inmediatamente.

Cayo Vila, consejero delegado y fundador del Grupo
Vila, dueño de hoteles, líneas aéreas y de todo lo que le
apetecía, inmensamente rico y despiadado, levantó la
cabeza lentamente, con incredulidad y un aire amenazante cargado de poder que emanaba de él como un tipo
distinto de electricidad. Dru contuvo la respiración. Él
tenía las cejas negras fruncidas sobre los ojos de un color dorado oscuro y abrasador. Su rostro, inflexible e

implacable, tenía una sensualidad atroz gracias a una boca ansiada por toda una serie de «famosas» recauchutadas y que en ese momento tenía una expresión que solo transmitía maldad. Como siempre, se sintió intimidada por haber captado toda su atención. Esa debilidad era algo que no podía soportar. Parecía como si el ambiente estuviera cargado de tensión y ese despacho, enorme y de líneas frías y contemporáneas, se achicara hasta oprimirla.

—¿Cómo ha dicho?

Ella captó el acento español que delataba su pasado y el humor inestable que solía dominar. Dru sofocó un estremecimiento. Lo llamaban el Satán español por algo. Ella lo llamaría algo peor.

—Me ha oído —contestó ella sintiéndose encantada por la firmeza.

—No tengo tiempo —replicó él sacudiendo la cabeza—. Mándeme un correo electrónico con sus quejas...

—Sí lo tiene —lo interrumpió ella.

Los dos se quedaron callados como si se diesen cuenta de que era la primera vez que se atrevía a interrumpirlo. Ella sonrió con frialdad como si no hubiera captado el asombro de él.

—Sí tiene tiempo —insistió ella—. Me he reservado este cuarto de hora de su agenda.

Él no parpadeó durante un rato y ella sintió que su mirada la atravesaba como un soplete.

—¿Esto es lo que usted llama una negociación, señorita Bennett? —preguntó él en un tono tan gélido como el de ella—. ¿He sido injusto en su análisis de rendimiento de este año? ¿Considera que se merece una subida de sueldo?

Él lo preguntó en tono seco y con un disgusto sarcástico y algo sombrío.

Dru, bajo su coraza profesional, notó que se le encogía algo por dentro y él sonrió como si lo hubiese percibido.

—No es una negociación y no quiero una subida de sueldo ni nada parecido. Ni siquiera quiero referencias. Esta conversación es de mera cortesía.

Ella replicó sin alterarse, aunque deseó que después de tanto tiempo, y de saber lo que sabía que había hecho, fuese inmune a él y a esa sonrisa.

—Si cree que va a llevarse mis secretos a alguno de mis competidores, deberá entender que dedicaré mi vida a destrozarla —dijo él en un tono despreocupado que ella conocía muy bien y no se creía—. Lo haré en los tribunales y fuera de ellos.

—Me encantan las buenas amenazas —replicó ella en el mismo tono que él—. Sin embargo, son innecesarias. No me interesa el mundo empresarial.

—Dígame su precio, señorita Bennett —propuso él con un gesto demasiado cínico para ser una sonrisa.

A ella no le extrañó que tantos desdichados rivales cayeran subyugados y le dieran lo que quisiera solo con pedírselo. Era una especie de encantador de serpientes. Ella, sin embargo, no era una de sus serpientes y no iba a bailar al son de su música independientemente de lo seductora que fuese. Ya había bailado demasiado tiempo.

—No tengo precio.

El día anterior, si él le hubiese sonreído, habría hecho cualquier cosa, pero en ese momento, se maravillaba, por decirlo de alguna manera, de lo ingenua y crédula que había sido.

—Todo el mundo tiene un precio.

Ella sabía que eso era verdad en el mundo de él y que era un motivo más para querer escapar.

—Lo siento, señor Vila, pero yo, no.

Ya no. Dominic había muerto y ella ya no era su único apoyo. La cadena invisible de sentimientos que la había atado durante tanto tiempo ya no podía retenerla allí cuando, además, había descubierto por accidente lo que Cayo pensaba de ella.

Él la observaba y esos ojos de color ámbar oscuro recorrían su cuerpo como sus manos, ardientes y exigentes. Sabía lo que él veía. Ella había modelado su imagen para satisfacer sus gustos. Se mantuvo impasible a su mirada y contuvo el deseo de alisarse la falda tubo o la blusa de seda de colores apagados, como le gustaban a él. Sabía que el engañosamente descuidado moño que le sujetaba el pelo era elegante y no llevaba joyas llamativas que a él pudieran parecerle exageradas. El maquillaje era casi imperceptible, como si su cutis tuviera un tono perfecto, los labios tenían un leve y atractivo color y los ojos dejaban escapar un brillo natural. Representaba muy bien el papel de ser exactamente lo que él quería, podría hacerlo dormida.

Se dio cuenta del momento preciso en el que él se dio cuenta de que estaba hablando en serio, de que no era una estrategia para sacarle algo, aunque le costara creerlo. La impaciencia se desvaneció de su inteligente mirada y dejó paso a algo más cauto, casi, pensativo. Se dejó caer contra el respaldo de su imponente butaca, apoyó la barbilla en una mano y la miró con esa intensidad que lo convertía en un oponente demoledor. Para Cayo Vila el «no» nunca era la respuesta definitiva. Era el principio, donde él cobraba vida. Esa vez, no obstante, ella iba a quedarse allí. No pudo evitar una punzada de placer al saber que iba a ser lo único que no podría conquistar nunca más.

–¿De qué se trata? ¿No está contenta? –preguntó él en tono comprensivo.

Evidentemente, había decidido que podría manipularla mejor si mostraba interés por sus sentimientos, pero a ella le pareció una pregunta absurda y se rio levemente. Él entrecerró los ojos con un fugaz brillo de ira que, como ella sabía, no pasaría de ahí. Rara vez desataba toda la fuerza de su ira, solía mantenerla soterrada como un augurio sombrío.

–Naturalmente, no estoy contenta. No tengo vida personal. En realidad, no tengo vida alguna ni la he tenido durante cinco años. He organizado la suya a cambio.

–Y se le paga extraordinariamente bien por ello.

–Sé que no me creerá y es algo que, evidentemente, nunca descubrirá por sus propios medios, pero en la vida hay más cosas aparte del dinero.

Él volvió a clavarle la mirada color ámbar.

–¿Se trata de un hombre? –preguntó él en un tono que a ella le habría parecido de fastidio en otra persona.

–¿Cuándo cree que habría podido conocer a un hombre? –preguntó ella riéndose otra vez–. ¿Entre citas y viajes de trabajo? ¿Mientras mandaba regalos de despedida a todas sus examantes?

–Ahora lo entiendo –comentó él con una sonrisa condescendiente y gélida a la vez–. Le propongo que se tome una semana de vacaciones, señorita Bennett... o dos. Encuentre una playa y algunos cuerpos... cálidos. Beba algo potente y mate el gusanillo. Tómese el tiempo que haga falta. No me sirve de nada en este estado.

–Es una oferta tentadora –dijo Dru entre unos labios blancos por la rabia–. Se la agradezco, naturalmente, pero yo no soy usted, señor Vila.

Lo miró fijamente mientras dejaba que la abrasara todo lo que sentía hacia él, todos los años de anhelos y sacrificio, todo lo que había pensado y esperado, todos esos sueños necios que hasta ese momento no sabía que él había machacado, entre ellos, aquella noche complicada y sentimental de hacía tres años en Cádiz y que no habían comentado ni nunca lo harían.

—No mato el gusanillo indiscriminadamente y dejando cadáveres a mi paso como una Godzilla del sexo. Tengo principios.

Él parpadeó. No movió ningún otro músculo, pero Dru tuvo que hacer un esfuerzo para quedarse donde estaba. Notó con toda su fuerza la descarga de su genio, el impacto de esos ojos color ámbar al clavarse en ella.

—¿Se siente mal o se ha vuelto completamente loca? —preguntó él en tono de velada amenaza.

Su furia creciente solo se reflejaba en su granítica mandíbula y en que su acento era ligeramente más fuerte, pero ella conocía muy bien las señales de peligro cuando las veía.

—Se llama sinceridad, señor Vila —replicó ella con una naturalidad que se contradecía con las alarmas que habían saltado dentro de ella—. Entiendo que no está acostumbrado a ella, sobre todo viniendo de mí, pero es lo que pasa cuando alguien es tan indiferente y dominante como se precia de ser usted. Está rodeado de una camarilla de acólitos aduladores que temen demasiado decir la verdad. Lo sé porque durante años he fingido ser uno de ellos.

Él se quedó aterradoramente inmóvil. Ella notó que la tensión llenaba toda la habitación, que el cuerpo delgado y musculoso de él vibraba por el esfuerzo que estaba haciendo para no explotar. Lo miró a los ojos. Era una mirada oscura y cargada de furia, infinitamente más letal de lo que quería reconocerse a sí misma. Quizá todavía fuese demasiado vulnerable a él.

—Le aconsejo que piense muy bien lo siguiente que vaya a decir o puede lamentarlo.

Esa vez, la risa de Dru fue auténtica, aunque un poco nerviosa, tuvo que reconocerse a sí misma.

–Eso es lo que no entiende. Me da igual. ¿Qué va a hacer? ¿Va a despedirme? ¿Va a negarme unas referencias? Adelante, ya me he marchado.

Entonces, por fin, cumplió el sueño que había abrigado desde que aceptó ese espantoso y destructivo empleo para poder pagar las facturas de Dominic. Dio la espalda a Cayo Vila, su demonio personal y la maldición de su existencia, y se marchó de su vida para siempre, como siempre pensó que haría algún día. Debería haber oído trompetas en vez de sentir una especie de desasosiego que le complicaba eso como no debería complicárselo.

Ya había llegado casi a la puerta de salida de la antesala, donde la mesa de ella hacía guardia en ese inaccesible santuario, cuando él la llamó. Fue una orden tajante y ella, muy bien adiestrada, le hizo caso. Se detuvo, se destetó a sí misma por obedecerlo e intentó convencerse de que sería la última vez y de que no podía pasarle nada. Se dio la vuelta y se quedó paralizada al verlo tan cerca sin haberlo oído, pero lo que le impresionó fue su expresión convulsa y el corazón se le desbocó.

–Si no recuerdo mal –dijo él con una frialdad que no encajaba con su abrasadora mirada–, su contrato dice que tiene que darme dos semanas después de la notificación.

–No lo dirá en serio...

–Puedo ser un Godzilla del sexo, señorita Bennett...

Él soltó cada palabra como una bala que ella no debería haber sentido, pero le dolieron y, además, su mirada la traspasaba y hacía que se acordara de todas las cosas que prefería olvidar.

–Eso, sin embargo, no impide que pueda leer un contrato –siguió él–. Dos semanas en las que, si no me equivoco, entra la cena en Milán con ese inversor que llevamos meses preparando.

–¿Por qué iba a querer eso? –preguntó ella con los puños cerrados–. ¿Tan perverso es?

–Me sorprende que no le hayan dado la respuesta mis examantes, a las que, al parecer, tan unida se siente –le espetó él con un sarcasmo hiriente–. ¿Acaso no ha pasado muchas horas de su desperdiciada vida apaciguándolas?

Él se cruzó los brazos y ella, como siempre, se fijó en lo esbelto que era su atlético cuerpo. Era un aspecto más de lo que lo hacía tan mortífero, tan indoblegable. Era como un arma perfectamente afilada y no tenía reparos en emplear la parte de esa arma que mejor le sirviera. Por eso estaba intimidándola con su estatura, con la anchura de su espalda, con el poder de su implacable virilidad. Parecía capaz de cualquier cosa aunque llevara un traje hecho a medida que debería darle aspecto de dandy. Tenía cierto aire indómito y amenazante que exhibía con orgullo, pero no quería verlo como un hombre, no quería recordar la calidez de sus manos sobre su piel ni su ávida boca en la de ella. Todavía sentía cómo la abrasaba.

–Ya sabe lo que dicen –murmuró ella en un tono que le pareció sereno–, quienes se acuestan con alguien por dinero, se ganan hasta el último penique.

Él no reaccionó aparentemente, pero ella notó que algo intenso brotó entre ellos, algo que casi consiguió que retrocediera, pero eso se había acabado, como él. No iba a acobardarse ante él ni iba a obedecerlo sin rechistar.

–Tómese libre el resto del día –le propuso él con

cierta aspereza que dejaba vislumbrar la furia que intentaba contener–. Haga algo para dominar esa nueva necesidad de hacer comentarios sinceros. Hasta mañana a las siete y media, como siempre.

De repente, Dru se sintió iluminada por una luz nueva y casi cegadora. Todo se aclaró con nitidez. Lo tenía a un metro, sombrío, imponente y aterrador aunque sereno y alerta. Entendió que toda su vida era un testimonio de su incapacidad para aceptar una negativa, para aceptar lo que le dijeran los demás si no era lo que él quería oír. Nunca se había topado con un impedimento, fuera el que fuese, que no pudiera sortear o derribar por haberse puesto en su camino. Él se adueñaba. Se había adueñado de parte de ella sin que lo hubiese sabido hasta ese mismo día. Por un lado, le gustaría no haber abierto ese archivador, no haber descubierto cómo había desviado su carrera profesional sin que ella se diese cuenta. Sin embargo, lo había abierto.

Podía ver el resto de su vida como una deprimente sucesión de imágenes.

Si aceptaba esas dos semanas, podía morirse en ese momento. Él se adueñaría de su vida como había hecho durante los cinco años anteriores y eso nunca acabaría. Sabía muy bien que era la mejor asistente personal que él había tenido. No era vanidad, no le había quedado otro remedio porque había necesitado el dinero para poder ingresar a Dominic en las mejores clínicas de desintoxicación, aunque no hubiese servido de gran cosa. Aun así, creía que había merecido la pena aunque en ese momento se sintiese vacía y deshecha. Lo que importaba era que Dominic no había muerto en un callejón sin que nadie lo hubiese identificado, llorado o echado de menos.

Sin embargo, Dominic solo había sido el primer motivo. El segundo, y mucho más espantoso, habían sido sus lamentables sentimientos hacia Cayo, por eso se había hecho tan indispensable para él. Se había enorgullecido de servirlo tan bien. En ese momento, le quedaba un regusto amargo, pero era verdad. Era así de masoquista y tendría que convivir con ello. Si se quedaba un día más, ese agujero negro que era Cayo Vila se tragaría todas las posibilidades de encauzar su vida, de hacer algo por sí misma, de vivir, de salir de ese mundo atroz en el que se había metido.

Él compraría y vendería más cosas, ganaría millones y destrozaría vidas por capricho, entre otras, la suya. Ella seguiría haciendo lo que él quisiera, allanándole el camino, previendo lo que necesitaba y desapareciendo poco a poco hasta no ser nada más que una fachada bonita y con voz agradable. Sería un robot, una esclava de unos sentimientos que él nunca podría ni querría corresponder, pese a pequeños destellos de lo contrario en ciudades lejanas, en noches complicadas de las que nunca se hablaba en voz alta una vez terminadas. Peor aún, ella querría hacer todo eso. Ella querría ser cualquier cosa que pudiese ser solo por poder estar cerca de él. Como había hecho desde aquella noche en la que vio una parte muy distinta de él en Cádiz. Se aferraría a cualquier cosa e, incluso, fingiría que no sabía que le había machacado los sueños con un correo electrónico brutal. Sabía que era así de patética, así de ridícula. ¿Acaso no se lo había demostrado a sí misma durante todos y cada uno de los días de los tres años pasados?

—No —dijo ella.

Naturalmente, esa era una palabra que oía muy pocas veces. Frunció las cejas negras, sus ojos dorados dejaron escapar un destello de asombro y sus carnosos labios se apretaron.

–¿Qué quiere decir con «no»?

El acento español hacía que sus palabras parecieran casi musicales, pero ella sabía que cuanto más se notaba ese acento, más cerca estaba de entrar en erupción. Debería haberse dado media vuelta y salir corriendo, debería haber hecho caso al pánico que se apoderaba de ella.

–Entiendo que no esté acostumbrado a oír esa palabra. Significa discrepancia, rechazo. Dos conceptos que le cuesta aceptar, lo sé, pero me alegro de decirle que eso ya no es asunto mío.

–Será asunto suyo –replicó él entrecerrando los ojos como si no la hubiese visto nunca–. La...

–Adelante, demándeme –volvió a interrumpirlo ella con un gesto de la mano que lo enfureció visiblemente–. ¿Qué cree que ganará?

Por primera vez desde que lo conocía, Cayo Vila se quedó mudo. El silencio fue sepulcral y ensordecedor a la vez. Parecía vibrar. La miró fijamente, estupefacto, con una expresión que nunca había visto en su implacable rostro.

–¿Va a quitarme el piso? –siguió ella envalentonada por su inaudito silencio–. Es un estudio alquilado. Es todo suyo. Si quiere, ahora mismo le hago un cheque por todo el valor de mi cuenta corriente. ¿Es lo que quiere? –ella se rio estruendosamente–. Ya le he dado cinco años y no voy a darle dos semanas más. No voy a darle ni un segundo. Prefiero morirme.


Cayo siguió mirándola fijamente como si no la hubiese visto nunca. Su forma de ladear la preciosa cara ovalada, el brillo de rabia de sus ojos grises y normalmente serenos, su boca... todo tenía algo que le impedía dejar de mirarla. Un recuerdo indeseado se le presentó en la cabeza. Ella le acariciaba la mejilla con los ojos grises cálidos y con algo parecido al cariño, sus labios... No. No podía repasar semejante disparate. Se había esforzado mucho para borrarlo de su consciencia. Solo era una noche lamentable en cinco años sin incidentes.

—Prefiero morirme —repitió ella como si creyera que no la había oído.

—Entonces, eso puede solucionarse —replicó él mirándola como si quisiera saber por qué había ocurrido todo eso en ese día—. ¿Se ha olvidado? Soy un hombre temible.

—Si va a amenazarme, señor Vila, por lo menos tenga la consideración conmigo de ser creíble. Será muchas cosas, pero no un matón.

Por primera vez desde que podía recordar, desde que fue un niño sin padre cuya madre era tan conocida y tan deshonrada en el pueblo que se metió en un convento al nacer él para que no sufriera su pecado en sus inocentes carnes, Cayo se sintió perdido. Podría haberle divertido que hubiese sido su venerada asistente personal quien lo hubiese desarmado hasta ese punto cuando nada más lo había conseguido. Nada lo había desequilibrado, ni un contrato de millones de libras ni uno de los escándalos publicados voraz e inexactamente por la prensa sensacionalista ni una de sus nuevas y visionarias aventuras empresariales. Solo esa mujer, como ya lo hizo otra vez antes.

Tenía gracia y estaba seguro de que se reiría dentro de mucho tiempo, pero ¿hasta entonces? La necesitaba donde había estado, en el papel que él quería que representara. No hizo caso de la vocecilla que le decía que eso no tenía solución, que ella no sería tan placenteramente invisible como había sido, que ya era demasiado tarde, que había ido ganando tiempo desde lo que pasó en Cádiz hacía tres años y que eso solo era la consecuencia pospuesta...

–Me marcho –dijo ella mirándolo a los ojos como si fuese un niño que tenía una rabieta–. Tendrá que hacerse a la idea y si quiere demandarme, hágalo. Esta mañana reservé un billete a Bora Bora. Lo tengo claro.

Entonces, por fin, su cerebro empezó a funcionar otra vez. Una cosa era que se fuese a donde viviera en Londres o, incluso, a Ibiza a pasar una semana de vacaciones, pero ¿a la Polinesia Francesa? ¿A un mundo de distancia? Eso era inaceptable. No podía dejar que se marchara y quería analizarlo tan poco como la última vez que se enteró de que ella quería abandonarlo. Hacía tres años, una semana después de aquella noche en Cádiz, no vio ningún motivo para ahondar en el asunto. No era nada personal, ni lo fue entonces. Ella era un activo, en muchos sentidos, el activo más valioso que tenía. Sabía muchas cosas de él. En realidad, lo sabía todo, desde su desayuno favorito hasta los servicios de asistencia personal que más le gustaban en las principales ciudades del mundo, por no decir nada de los entresijos de su manera de llevar los asuntos empresariales. No quería ni imaginarse el tiempo que tardaría en enseñarle todo eso a su sustituta ni iba a comprobarlo. Haría lo que había hecho siempre, haría lo que hiciese falta para proteger sus activos.

–Le pido disculpas por mi comportamiento –Cayo se metió las manos en los bolsillos para no parecer agresivo–. Estaba desprevenido.

Ella entrecerró los ojos y él lamentó no haberle dedicado tanto tiempo a aprender a interpretarla como le había dedicado ella a él. Eso lo ponía en desventaja y era otra sensación que desconocía.

–Naturalmente, no la demandaré. He reaccionado mal, como haría cualquiera. Es la mejor asistente personal que he tenido y, quizá, la mejor de todo Londres. Estoy seguro de que lo sabe.

–Bueno, tampoco es algo de lo que estar orgullosa –farfulló ella bajando la mirada.

Cayo quiso seguir por ese camino hasta descubrir el último de sus secretos para que nunca más volviera a tomarlo desprevenido, pero no en ese momento. No hasta que hubiera dominado esa situación y la hubiera hecho suya como fuese.

–Como sabrá bien –siguió él–, habrá que firmar muchos documentos antes de que se marche de la empresa. Entre ellos, compromisos de confidencialidad –él miró su reloj–. Es pronto, podemos irnos inmediatamente.

–¿Irnos? –preguntó ella con el ceño fruncido.

Entonces, él se dio cuenta de que nunca le había visto hacer eso, que siempre parecía muy serena y que, como mucho, un extraño destello de sus ojos le insinuaba lo que pasaba por su cabeza. Nunca había querido saberlo, pero esa vez tenía las cejas muy juntas y los labios apretados y se sintió casi incómodo, como si fuese una persona de verdad y no su posesión más preciada. Peor aún, como si fuese una mujer. Sin embargo, no quería pensar en eso. No quería pensar en la única vez que no la consideró su asistente. No la quería en su cama, en absoluto. La quería a su lado, a su disposición, donde tenía que estar.

–Todo mi equipo legal está en Zúrich –le recordó él con delicadeza–. No lo habrá olvidado con las prisas por marcharse...

Ella se puso tensa, como si fuese a rechazar la idea de viajar a Suiza, pero tragó saliva y se puso muy recta, como si un viaje de dos horas en su avión privado fuese una prueba de fuego que estaba dispuesta a pasar si así se libraba de él.

–Muy bien –dijo ella con cierta impaciencia–. Si quiere que firme lo que sea, lo firmaré. Aunque sea en la maldita Zúrich. Quiero acabar con esto.

Cayo sonrió porque la había atrapado.

# Capítulo 2

**C**UANDO el helicóptero aterrizó en la proa del lujoso yate, Dru estaba furiosa. Se bajó cuando se dio cuenta de que no podía hacer otra cosa, que el piloto estaba cerrándolo y preparándose para quedarse también en el yate y a ella no le apetecía pasar el tiempo que fuese sentada en el helicóptero solo por tozudez. Sabía que Cayo la dejaría allí. Con cierta amargura, supo que debería haber esperado que él le hiciese una jugada como esa, que la hubiese secuestrado solo porque podía hacerlo.

Aunque lo que quería era poner todo un mundo entre los dos, se encontró siguiendo los ágiles pasos de Cayo por la cubierta sin fijarse en el mar azul ni en lo que sospechaba que era la costa de Croacia. La brisa le agitó unos mechones y sintió el pánico que sentía siempre cuando algo le alteraba el aspecto, como si todavía le importara que él no la encontrase suficientemente profesional. Le espantó lo arraigada que tenía esa necesidad de agradarlo. Librarse de la costumbre a Cayo Vila iba a costarle más de lo que le gustaría y que él se la hubiese llevado a ese país no iba a facilitar las cosas.

—Se da cuenta de que es un secuestro, ¿verdad? —le preguntó ella otra vez.

Esa vez, sin embargo, él se detuvo, se dio la vuelta lentamente y la miró de tal forma que a ella se le erizaron todos los pelos del cuerpo y contuvo la respiración.

–¿De qué está hablando? –preguntó él con una suavidad aterradora–. Nadie le ha obligado a venir. Nadie le ha puesto una pistola en la espalda. Ha aceptado acompañarme.

–Esto no es Suiza –replicó ella intentando contener el pánico–. El mar no deja lugar a dudas y, si no me equivoco, eso es Dubrovnik.

Ella señaló con el dedo hacía la ciudad amurallada con tejados rojizos. El agua azul del mar Adriático era tan maravillosa y tentadora como siempre. Quiso tirarlo por la borda para ver cómo se lo tragaban poco a poco esas mismas aguas. Él ni siquiera miró hacia la costa, ¿para qué? Sabía a dónde iban a ir desde que habló de Zúrich, lo sabía cuando aterrizaron en un misterioso aeródromo de Europa y la montó en el helicóptero antes de que pudiera saber dónde estaba. Solo era una sorpresa para ella.

–¿Dije Suiza? –preguntó él con esa engañosa y peligrosa delicadeza–. Debió de oír mal.

–¿Cuál es exactamente su plan? –preguntó ella sin disimular el enojo y el miedo–. ¿Soy su prisionera?

–Es usted muy teatrera –replicó él en un tono sereno que ella sabía que indicaba furia–. ¿Cómo ha conseguido ocultarlo tanto tiempo y tan bien?

–Ha debido de confundirme con otra persona. No voy a obedecer ciegamente sus órdenes...

–¿Está segura? –preguntó él con un destello dorado y granítico en sus ojos–. Si no recuerdo mal, la obediencia es una de sus virtudes.

–La obediencia era parte de mi trabajo –dijo ella con la frialdad que le quedaba–, pero he dimitido.

Él la miró fijamente durante un rato.

–Su dimisión ha sido rechazada, señorita Bennett.

Él lo dijo tajantemente, como si ella no debiera atreverse a decirlo otra vez. Luego, se dio la vuelta y se alejó por la cubierta resplandeciente y bañada por el sol. Dru se quedó sintiéndose un poco tonta y muy fuera de lugar con su ropa y sus tacones. Se quitó los zapatos e intentó tomar un poco del fresco aire marino, intentó respirar. Fue hasta la barandilla, apoyó los codos en ella y frunció el ceño a las suaves olas y a la impresionante costa que se divisaba a lo lejos. Sintió que todo se revolvía dentro de ella; la lucha y la angustia, el sacrificio y el anhelo frustrado, el dolor y la esperanza, la atroz verdad que una parte de ella desearía no haber sabido nunca. Parecía como si todo eso fuese a abrirla en canal, como si hubiese abierto la puerta a todo lo que había reprimido durante todo ese tiempo, a las mentiras que se había contado a sí misma, y ya no pudiese retenerlo dentro. Ya no podía seguir fingiendo.

Sintió una desdicha opresiva y asfixiante y no pudo hacer nada para evitarlo. Había demasiadas cosas que no podía cambiar ni evitar. No podía retroceder en el tiempo y evitar que su padre muriera cuando Dominic y ella eran unos niños pequeños. No podía evitar que su madre hubiese tenido una serie de amantes cada uno peor que el anterior. No podía evitar que el delicado y sensible Dominic eligiera mirar hacia otro lado y que su vida y las drogas fuesen a peor cada año hasta que solo quedó esperar a su trágico e inevitable final. Tomó aire entrecortadamente.

Ya se había librado de esas obligaciones, efectivamente, pero también estaba completamente sola. Casi ni se acordaba de que su padre y su madre no la tuvieron en cuenta durante años. Había construido su vida alrededor de la enfermedad de Dominic y sin él, solo quedaba el vacío. Lo llenaría, se dijo a sí misma. Por fin levantaría una vida sobre la base de lo que quería ella, no como una reacción a personas y cosas que estaban fuera de su control. No una vida como oposición a las decisiones de su madre. No una vida condicionada por los problemas de Dominic. Una vida exclusivamente suya, fuera como fuese. Todo lo que tenía que hacer era escapar de Cayo Vila.

Otra oleada de dolor se apoderó de ella y, en cierto sentido, era más dolorosa y oscura todavía. Hacía tres años, le pareció percibir algo en él, un resquicio de humanidad, un indicio de que era mucho más que lo que fingía ser en público. Aquella noche, después de una conversación íntima y de un beso demasiado apasionado e insensato, se construyó un mundo totalmente imaginario de posibilidades. Cómo lo había deseado, cómo había creído en él... mientras él pensaba tan poco en ella que había impedido que pudiera cambiar de puesto en el Grupo Vila y que pudiera tener una carrera profesional independiente. Además, lo había hecho sin decirle nada, con tres lacónicas frases: *La señorita Bennett es una asistente. No es directora general. Busquen en otro sitio.*

Eso fue lo que escribió por correo electrónico al departamento de recursos humanos poco después de aquella noche en la que tan neciamente había creído que todo había cambiado entre ellos dos. Había solicitado un puesto en marketing porque creía que ya era hora de que volara sola en la empresa, de ocuparse de su propia carrera profesional en vez de la de él. Él ni siquiera lo ocultó. Estaba en su expediente y ella habría podido comprobarlo si lo hubiese mirado. No lo había mirado hasta esa mañana, mientras ordenaba un poco el despacho. Había estado segura de que todo era distinto desde Cádiz aunque no se hubiese hablado de ello. No le había importado no haber conseguido ese trabajo, había creído que Cayo y ella se entendían, que eran un equipo.

Contuvo las lágrimas de humillación que no iba a derramar y decidió que no volvería a ser tan necia. Sabía perfectamente quién era él cuando la contrató y lo sabía en ese momento. Se pasaría el resto de su vida preguntándose cómo había podido olvidarse, cómo se había traicionado tanto a sí misma por una fantasía levantada alrededor de un beso que la sonrojaba solo de recordarlo. Sin embargo, no volvería a ocurrir. No era mucho consuelo, pero era todo lo que tenía.

Lo encontró en uno de los muchos salones de mármol y cristal de ese castillo flotante que le ganó en una partida de cartas a un oligarca ruso.

—Fue fácil de conseguir y me lo quedé —había contestado él encogiéndose de hombros cuando ella le preguntó para qué quería otro yate más.

Estaba sentado en uno de los sofás con una rubia de generosos pechos sobre él. Se había quitado la chaqueta, tenía la camisa blanca entreabierta y la piel morena parecía resplandecer. La chica dijo algo en tono quejoso cuando vio entrar a Dru, como si su presencia fuese el motivo para que él no apartara la mirada de la televisión empotrada en la pared en vez de apreciar sus encantos. Como si fuese a prestarle atención aunque ella no estuviese allí... Fue a decirle que tenía los días contados, pero se contuvo. No era una pelea de gatas, ni siquiera era una competición. Se había pasado mucho tiempo explicándose que le daba igual que ese hombre, que la había besado con avidez y que la había mirado como si fuese la única persona del mundo a la que podría querer, diera rienda suelta a su lujuria con esas mujeres anónimas. ¿Por qué iba a importarle? Se había preguntado cuando estaba sola por la noche y él estaba con su acompañante de turno. Lo que ellos tenían era más profundo que el sexo... Todo era de un patetismo escalofriante.

Tenía un zapato en cada mano, como posibles armas, y se permitió una sensación de cierto regocijo sombrío cuando vio que la mirada calculadora de Cayo se dirigía hacia los afilados tacones como si él también contemplara la posibilidad de que se los clavara en la yugular. Sonrió con suficiencia y volvió a mirar la pantalla de televisión con información de la Bolsa de Nueva York, como si hubiese valorado la amenaza y la hubiese desechado, como a ella.

—¿Se le ha pasado ese pequeño arrebato? —le preguntó él.

Dru sintió que se le aceleraba el corazón por la furia, con él y con ella, y que casi estaba temblando.

—Quiero saber qué va a pasar ahora que me ha metido en este barco —contestó ella escupiendo las palabras—. ¿Va a retenerme aquí para siempre? Me parece improbable, los barcos tienen que atracar antes o después y sé nadar.

—Le recomiendo que respire hondo, señorita Bennett —replicó él con condescendencia y sin mirarla siquiera—. Está poniéndose histérica.

Eso fue excesivo y ella no lo pensó. Levantó un brazo llevada por una furia cegadora y le tiró un zapato a la cabeza. Voló con un brillo amenazante en el tacón y ella casi pudo ver cómo se clavaba entre sus burlones e impresionantes ojos. Sin embargo, levantó una mano y lo agarró en el último momento. Cuando la miró, su mirada color ámbar era abrasadora por la ira... y por algo más que retumbó en ella. ¿Excitación? ¿El recuerdo de una vieja calle y un beso explosivo? No, eso era imposible, solo eran sus fantasías. Jadeó levemente, como si hubiese sido ella quien había volado y en ese momento estuviera en su mano. Sintió esa oleada ardiente que sentía siempre que estaba cerca de él y que esperaba que solo fuese furia.

–La próxima vez, no fallaré –lo amenazó ella entre dientes.

Una vez más, lo había sorprendido y le había gustado tan poco como en Londres. Su mirada gris era atenta, concentrada, y no le gustaba todas las cosas que podía ver en ella, cosas que no entendía ni quería intentar entender. No le gustaba el leve rubor de sus mejillas ni el aspecto que tenía descalza y con el pelo un poco alborotado por primera vez desde que la conoció... sexy.

Tuvo que dejar de mirarla a los ojos y miró al zapato de tacón que ella le había lanzado al cuello. Desde luego, era un arma, pero también era uno de esos zapatos perversamente femeninos que él no quería imaginarse en relación con su asistente personal. No quería imaginársela poniéndoselo en uno de esos elegantes pies en los que no se había fijado antes ni pensar en lo que la altura del tacón haría en sus caderas mientras caminaba... maldita fuese... Se levantó lentamente y sin apartar la mirada de ella.

–¿Qué voy a hacer con usted? –preguntó él con impaciencia por el desafío de ella.

Estaba igual de impaciente por su incapacidad para terminar con esa situación desquiciante y que ya se le había ido de las manos. Sin embargo, esos mechones oscuros le rozaban la curva de los labios y la barbilla y no podía dejar de mirarlos.

–Podría haber hecho bastantes cosas conmigo en estos años –contestó ella con una furia que a él le pareció más irresistible de lo que debería–. Por ejemplo, habría podido dejarme que cambiara de puesto en la empresa. También habría podido dejarme marchar hoy en vez de secuestrarme.

Súbitamente, Cayo se dio cuenta de que no estaban solos. Despidió a la rubia con un movimiento de la mano y sin hacer caso de su expresión enfurruñada. Ella se marchó del salón resoplando y farfullando, lo que lo irritó sobremanera. ¿Acaso no había ni una mujer en su normalmente ordenada existencia que hiciera lo que él quería en ese día?

Dejó el zapato donde había estado sentada la rubia y se preguntó por qué estaba manteniendo esa conversación siquiera. ¿Por qué estaba alentando más a Dru al permitirle que le hablara en ese tono tan irrespetuoso? ¿Por qué sentía esa inusitada necesidad de explicarle los motivos que tuvo para rechazar su petición de cambiar de trabajo hacía tres años? La última vez que justificó algo que había hecho fue... nunca.

–No doy explicaciones –replicó él con frialdad para ponerla en su sitio.

Ella se puso rígida y sus ojos grises reflejaron algo que solo podía ser dolor. Por primera vez desde hacía mucho tiempo, Cayo sintió algo levemente parecido a la vergüenza, pero lo desechó.

–Le preguntaría qué clase de hombre es para decir algo tan intencionadamente insultante y casi propio de un sociópata, pero los dos sabemos qué clase de hombre es, ¿no?

–Los periódicos dicen que soy una fuerza de la Naturaleza –contestó él como si fuese un recordatorio.

Iba a ser el último. Era un hombre que no soportaba la insubordinación y había sido muy tolerante con ella durante horas, incluso, había aguantado un ataque físico. Si ella hubiese sido un hombre, habría respondido de la misma manera. Ya estaba bien. Se acercó y vio que ella tragaba saliva, como si no estuviese tan asqueada como parecía ni fuese tan imperturbable. Ese recuerdo tentador se despertó en él peligrosamente.

Ella cambió el peso de un pie a otro y, al hacerlo, le recordó que era una mujer y no un robot que cumplía sus órdenes como debería hacer cualquier asistente personal. Le recordó que estaba hecha de una carne suave y lisa y que las piernas que se ocultaban bajo esa falda tubo estaban perfectamente formadas. Le recordó que no era una estatua de hielo que había imaginado él ni una sombra y que él ya había paladeado el calor que brotaba de ella. No le gustó, pero siguió observándola y se dio cuenta, por primera vez, que su esbelta figura tenía exuberantes curvas donde tenía que tenerlas. Había algo en su pelo alborotado, en el genio de su mirada y en la absoluta falta de serenidad de su expresión que estaba adueñándose de él. El corazón le latió a un ritmo que solo podía ser nefasto y empezó a pensar cosas que no debería. Sus piernas rodeándole la cintura mientras la tenía contra una pared de la ciudad antigua; su boca ardiente; la fría eficiencia que él había pulido durante esos años y que se derretía alrededor de él... ¡No! Había un motivo para que nunca pensara en esa noche. Maldita fuese.

–Que le llamen fuerza de la Naturaleza le exime de responsabilidades, ¿verdad, señor Vila? –preguntó ella como si no se diese cuenta o no le importase que él fuese a abalanzarse sobre ella–. Usted no es ni un huracán ni un terremoto, es un hombre egocéntrico y solitario con demasiado dinero y demasiada poca capacidad de relación social.

–Creo que la prefería como era antes –replicó él en un tono cortante como una hoja de afeitar.

–¿Sumisa?

–Silenciosa.

–Si no quiere oír mi voz o mis opiniones, solo tiene que dejarme marchar. Se le da muy bien despedir a la gente, ¿no? ¿Acaso no ha despedido a esa pobre chica hace cinco minutos?

Él aprovechó su altura y se inclinó hasta que su cara estuvo muy cerca de la de ella. Pudo oler el aroma de algo dulce, no supo si era jabón o perfume, pero el deseo lo atenazó por dentro. Recordó sus labios besándole el cuello y la necesidad de volver a sentirlo en ese instante lo sorprendió por su intensidad. Además, tampoco supo si admirarla o estrangularla cuando ella no se movió ni un milímetro y lo desafió un poco más levantando la barbilla. Tuvo la extraña sensación, por no llamarla premonición, de que esa mujer podría ser su perdición. La desechó enojado consigo mismo por esa superstición que creía haber superado en su desgraciada infancia.

–¿Por qué le preocupa tanto lo que le haya pasado a esa «pobre chica»? –preguntó él bajando el tono a medida que se enfurecía más–. Ni siquiera sabe cómo se llama.

–¿Lo sabe usted? Estoy segura de que redacté el compromiso de confidencialidad cuando la eligió...

–¿Por qué le importa cómo trato a las mujeres, señorita Bennett? –le preguntó él en un tono que debería haberla callado durante días.

–¿Por qué no le importa a usted? –replicó ella con el ceño fruncido.

Entonces, comprendió lo que estaba pasando. Era evidente y le preocupó no haber visto cómo bullía en ella durante años. No había permitido que una noche disparatada lo agobiara o afectara su relación laboral. Había pensado que ella tampoco lo había permitido.

–Cuando le pregunté si había algún hombre y usted lo negó, es posible que no fuese completamente sincera, ¿verdad?

Por un instante ella lo miró fija e inexpresivamente. Hasta que tomó aire y su mirada reflejó el asombro incrédulo... seguido por una excitación ardiente e inconfundible. Ella retrocedió, pero él ya lo había captado.

–Está bromeando –dijo con un espanto y un asombro un poco exagerados–. ¿De verdad cree que... usted...?

–Yo –reconoció él con la furia que dejaba paso a otra cosa que recordaba demasiado bien–. No sería la primera secretaria de la historia que se encapricha de su jefe, ¿verdad? Naturalmente, aceptaría mi parte de responsabilidad. No debería haber permitido que pasara lo que pasó en Cádiz. Yo tuve la culpa de que se hiciera... ilusiones...

Ella pareció palidecer y él, pese a todo, no pudo evitar acordarse de aquella noche cálida en España, cuando volvían al hotel desde la bodega y el mundo era nebuloso y placentero, cuando ella le rodeaba la cintura con su brazo como si necesitase ayuda. Entonces, su boca, su lengua, su sabor mucho más embriagador que la manzanilla que había bebido como homenaje retorcido a su abuelo, a quien esa misma noche dejó de llorar. La pared, la tibia oscuridad, sus manos en las curvas de ella, su boca en el cuello de ella... Todavía sentía su sabor después de tantos años.

Había estado mintiéndose a sí mismo. Lo que bullía en su sangre no era fastidio ni enojo, era deseo.

–Preferiría un revolcón con el Ángel de la Muerte, lo preferiría infinitamente, con guadaña y todo –dijo ella atropelladamente–. Además, no era su secretaria, era su asistente personal.

–Es lo que yo diga que es –replicó él en un tono aterciopelado, como si así pudiera borrar el recuerdo y el deseo que lo dominaba–. Algo que hoy ha olvidado por completo, como su sitio.

Ella tomó aire y él volvió a ver ese destello de excitación, de pasión sexual, ese brillo en sus ojos grises que había visto una vez y que no había olvidado por mucho que hubiese intentado convencerse de que sí lo había olvidado. En ese momento, cuando el cuerpo le vibraba por la necesidad de poseerla, supo que solo eran más mentiras.

–No he desperdiciado ni un solo segundo «haciéndome ilusiones» sobre su vulgaridad etílica en Cádiz –le espetó ella aunque él notó que mentía tanto como él–. Sobre un beso insignificante. ¿Y usted? ¿Por eso impidió que cambiara de trabajo? ¿Tenía algún tipo de celos?

Naturalmente, no tenía celos, era una idea cómica. Sin embargo, sí quería saborearla y que se callara y solo se le ocurría una manera de conseguir las dos cosas. Se dijo que era una estrategia. El corazón se le aceleró. Quería tocarla. Volvió a pensar que era una estrategia. No se lo creyó, pero, aun así, inclinó la cabeza y la besó.


Fue como si el aire que los separaba se hubiese inflamado... o quizá hubiese sido ella. No podía estar pasándole otra vez... Sin embargo, Dru no tuvo tiempo de pensar nada más. Su preciosa y ávida boca estaba sobre la de ella, él la había besado tan implacablemente como hacía todo, como lo hizo hacía años en una calle oscura

de España, con una mano en su cadera y estrechándola
contra el pecho, con los labios exigiéndole que le dejara
entrar, apremiándola para que le devolviera el beso... y
lo hizo, que Dios se apiadara de ella. Dejó caer el zapato que todavía tenía en la mano y se dejó arrastrar.
Era abrasador. «Por fin», le susurró una vocecilla en
tono jubiloso. Él sabía a deseo y dominio y ella estaba
aturdida, tanto que se olvidó de sí misma. Se olvidó de
todo menos del calor de su boca, de cómo inclinaba la
cabeza para besarla más profundamente, de su mano en
la cadera que la estrechaba contra su granítico pecho,
de sus pechos que casi le dolían por la presión... Además, estaba besándolo porque sabía a brujería y por un
instante, abrasador y asombroso, solo quiso dejarse llevar por un hechizo que no podía entender. Sin embargo,
deseaba, como creía que no había deseado nada, la implacable atracción de su boca, su sabor, a él... que la al-
terara, que cambiara todo...

Él dejó de besarla, farfulló algo en español, y la cruda
realidad cayó sobre ella. Se apoyó en su pecho. La había soltado, pero era como si su sangre le pidiera a gritos que se quedara donde estaba, aferrada a él como
hizo una vez para su desgracia.

Retrocedió un paso y luego otro. Le costaba respirar
por el pánico y temió que la brisa más leve pudiera lle-
vársela. Estaba deslumbrada y solo podía ver esa mirada oscura y peligrosa de color ámbar y su boca... esa
boca... Pudo notar que la histeria se adueñaba de ella,
el nudo que se le había formado en la garganta y el
pulso desbocado. Por un instante aterrador no supo si
iba a vomitar o a desmayarse. Sin embargo, tomó una
bocanada de aire y esa crisis concreta se disipó. Él se
limitaba a mirarla como si supiera cuánto le bullía la
sangre, cuánto le dolían los pechos y dónde se habían

endurecido, cuánto ardía por él y siempre lo había hecho.

No pudo soportarlo. Se dio media vuelta y se marchó precipitadamente del salón. Empezó a subir corriendo la escalera que llevaba a la cubierta y se dio cuenta de que tenía la respiración entrecortada... o estaba sollozando. Era una necia, una solterona rechazada y patética.

Parpadeó deslumbrada por el sol al llegar a cubierta. Miró por encima del hombro cuando pudo ver. Él estaba allí, delgado, moreno y con esos ojos abrasadores y exigentes que parecían de oro al sol del Adriático.

–¿Adónde va? –le preguntó Cayo en tono burlón y con las cejas arqueadas–. Creía que le daba igual un beso insignificante.

Ella pensó que era un demonio salido del mar y que sabía que estaba casi histérica. Sin embargo, ya tenía el corazón destrozado, ya no podía soportar más, no podría sobrevivir a eso otra vez... y, realmente, no sabía si había sobrevivido a la primera vez.

Dru se dio la vuelta, corrió un poco y saltó por la borda.

# Capítulo 3

AYO se asomó por la barandilla e intentó contener la ira cuando la vio salir a la superficie del agua y empezar a nadar hacia la lejana costa. Intentó contener todo el deseo y relegarlo al rincón más alejado de su memoria. ¿Cómo había vuelto a pasar? Sin embargo, sabía que él era el único culpable, lo que empeoraba más la cosa.

—¿Es Dru? —le preguntó una voz desde detrás de él.

—¿Dru? —repitió él con frialdad.

No quería saber que tenía un apodo familiar, no quería pensar en ella como en una persona, no quería volver a paladear su sabor embriagador, no quería volver a sentir ese anhelo que lo alteraba tanto que dejaba de ser él mismo. Sin embargo, todo eran mentiras fruto de la rabia.

—Me refería a la señorita Bennett, claro —rectificó el capitán—. Disculpe, señor, ¿se ha caído? ¿No deberíamos ayudarla?

—Es una excelente pregunta.

La observó durante un rato largo y tenso. Sus brazadas eran elegantes y firmes y estuvo a punto de admirar lo resuelta y valiente que había estado durante todo el día, y seguía estándolo, por no decir nada de lo bien que nadaba aun completamente vestida. Tuvo que hacer un esfuerzo para dominar su cuerpo, para sofocar el deseo que todavía vibraba dentro de él y esa cosa que ya se había despertado y que no se habría conformado con el beso. Había sido uno de esos besos que acababan en una aventura tórrida y si no hubiese sido Drusilla, la habría tomado allí mismo, en el suelo del salón... y contra la pared... y entre los almohadones de los sofás... y una y otra vez hasta comprobar esa increíble química que había brotado entre ellos, hasta comprobar a dónde podía llegar. Sin embargo, era Drusilla.

Siempre había sido un hombre pragmático que no se apartaba del camino que se había trazado ni se sentía tentado a intentarlo. Salvo el desdichado desliz de Cádiz y el de esa tarde en el yate. Dos deslices eran demasiados y más que suficientes. Tenía que dominarse definitivamente.

Vio que ella se daba la vuelta en el agua para comprobar si la seguían y, fugazmente, se planteó dejarla allí. Ya le había hecho perder demasiado tiempo. Había cancelado su agenda, que la tenía llena, para intentar que no se marchara. ¿Por qué lo había hecho y luego la había besado?

Daba igual. Naturalmente, era demasiado valiosa como asistente y no podía dejar que se ahogara... o para convertirse en su amante, como todavía le exigía su cuerpo. Decidió lo mismo hacía tres años, cuando ella solicitó aquel trabajo. Decidió que ella se quedaría exactamente donde estaba y que todo seguiría igual que antes de haber ido a España. Seguía sin entender por qué iba a cambiar algo si todo había ido perfectamente durante tanto tiempo, aparte de dos besos que nunca debieron haberse dado. No entendía por qué quería dejar su empleo con tanto ahínco ni por qué estaba tan furiosa con él de repente. Sin embargo, estaba seguro de que si ponía suficiente dinero sobre el problema, fuera cual fuese, ella vería que se esfumaba, sobre todo, si se trataba de que estaba dolida, siempre pasaba lo mismo.

—Señor... Quizá con una lancha... Ya se ha alejado un poco...

El tripulante lo dijo con más deferencia y preocupación que antes, lo cual le habría divertido a Cayo si no estuviese debatiéndose con su propia rabia.

Le daba igual el sentimiento, incierto y desproporcionado. No le gustaba que Drusilla le hiciese sentir nada y mucho menos así. Era la asistente personal perfecta, competente, digna de confianza e impersonal. Se metía en un lío cuando la veía como una mujer. Se sentía como imaginaba que se sentían otros hombres, los inferiores. Se sentía inseguro, incluso anhelante. Completamente distinto a lo que él era y representaba. Le espantaba.

Cuando todavía era muy joven, se juró que no volvería a tener sentimientos. Tuvo demasiados durante los primeros dieciocho años de su vida y solo sufrió. Decidió que se había acabado, que sucumbir a eso era para los hombres como los que él no pensaba ser, para los débiles, maleables y vulgares. Eso lo guió durante casi dos décadas. Si algo quedaba fuera de su alcance, estiraba más la mano y se lo quedaba. Si no estaba en venta, presionaba hasta que lo estuviera. Si una mujer no lo quería, la agasajaba con lo que ella quisiera hasta que se daba cuenta de que quizá se hubiera precipitado al rechazarlo. Se compraba todo lo que quería porque podía, porque nunca volvería a ser ese niño marcado por la vergüenza de su madre, porque no iba a querer.

No quería en ese momento, se tranquilizó a sí mismo, pero, fuera lo que fuese lo que lo atenazaba por dentro con un deseo irresistible, con una obsesión disparatada hacia una mujer que ya había intentado dejarlo dos veces en el mismo día, se parecía mucho, demasiado. Le bullía la sangre, lo excitaba, hacía que deseara... Era intolerable, se negaba a permitir que siguiera. ¡Se negaba!

–Que preparen una lancha. Iré a recogerla yo mismo –ordenó en voz baja.

Se oyó un ajetreó detrás de él, como si toda la tripulación estuviera esperando la orden, y cierto tono de sorpresa cuando el capitán la acató. Naturalmente, era Cayo Vila y él no recogía a las mujeres o a los empleados, se los llevaban como si fuesen parte del equipaje. Sin embargo, iba a volver a perseguir a esa mujer. Era inconcebible, pero iba a hacerlo.

Solo quedaba una pregunta. ¿Iba a arrastrarla de vuelta al yate y a tolerar ese ridículo juego hasta que consiguiera lo que quería o iba a ahogarla con sus manos y así zanjar el asunto? Miró con los ojos entrecerrados a la obstinada mujer que nadaba por el mar y no supo qué contestar.

–¿Va a subirse a la lancha o disfruta tanto del baño que va a pasar ahí toda la noche? –peguntó Cayo desde la pequeña y cómoda lancha.

Ella no le hizo caso o, al menos, lo intentó.

–La costa está más lejos de lo que parece –siguió él en tono seco–. Por no decir nada de la corriente. Si no tiene cuidado, puede acabar en Egipto.

Dru siguió nadando sintiéndose desalentada... ¿o derrotada? ¿Realmente había vuelto a besarlo así? En Cádiz había sido distinto, él había sido distinto aquella noche y le pareció excusable dadas las circunstancias. Sin embargo, no había excusa para lo que había pasado hacía un rato. Sabía el mal concepto que tenía de ella y, aun así, lo había besado desenfrenadamente, con libidinosidad, con anhelo, con pasión... Nunca se lo perdonaría a sí misma.

–Prefiero Egipto a pasar un momento con usted...

Él se limitó a chasquear los dedos al marinero que manejaba la lancha. El motor se puso en marcha y no dejó que se oyera lo que ella hubiese dicho después. Dru dejó de nadar y observó con fastidio a la lancha que daba vueltas alrededor de ella. La estela le salpicó en la cara y tuvo que frotarse los ojos. Cuando volvió a abrirlos, el motor se había parado otra vez y la lancha estaba mucho más cerca, él estaba mucho más cerca. ¿Cómo podía estar en medio del mar y sentirse tan atrapada?

—Parece un mapache —comentó él con aspereza, como si le molestara su aspecto.

—¿Acaso esperaba que estuviera perfectamente maquillada mientras nado para salvar la vida? Claro que sí. Ni siquiera creo que sepa lo que es el maquillaje y que la máscara no aparece por arte de magia en las pestañas de cualquier mujer que lo mira.

Tuvo que hacer un esfuerzo sobrehumano para no volver a frotarse los ojos y seguir extendiéndose la máscara por las mejillas.

—No me interesa hablar de su máscara para pestañas ni de su maquillaje —replicó él en su tono engañosamente amable—. Quiero fingir que este día no ha pasado y que nunca tuve que ver nada más allá de esa imagen perfectamente serena que normalmente tiene.

—Sin embargo, señor Vila, a mí me importa un rábano lo que usted quiera.

Eso le hizo gracia. Ella pudo captar que su fascinante y despiadado rostro se iluminaba levemente. Tuvo que tragar saliva y se dijo que se debía al cansancio y al mar, que no era la secuela de un beso que el agua salada debería haber borrado hacía tiempo. Qué mentira...

—Yo tampoco quiero saber lo que le importa o no le importa —insistió él con lo que era una versión gélida y amenazante de una sonrisa.

Ella habría preferido encontrarse con un tiburón, habría tenido más posibilidades.

–Sé que es perfectamente capaz de saber lo que quiero decir, señorita Bennett. Esperaré.

Aunque todo lo que quería decir se le amontonaba en la lengua, Dru se lo tragó con bastante esfuerzo y repasó su situación. Estaba agotada. Había empleado toda su energía en sobrevivir esos años y la poca que le quedaba la había gastado ese día en competir con él. Había sido excesivo. Había pasado cinco años trabajando, preocupándose e imaginándose un porvenir brillante en el que no había creído del todo, aunque lo había intentado. Bastaba que Dominic se librara de sus adicciones, se había dicho a sí misma. Bastaba que trabajara mucho porque quería, no porque tuviera que hacerlo. Había soñado y se había convencido de que podía suceder si trabajaba lo suficiente. Había soñado en salir de una infancia desastrosa para llegar a algo más luminoso. Entonces, un día, se enteró de que Dominic había muerto. Tuvo que llevar a Cayo por una fábrica de Bélgica como si no le hubiesen arrancado el corazón, aunque Cayo no notó la diferencia ni ella dejó que la notara. Se había ocupado de pagar todas las facturas y deudas de Dominic mientras un dolor asfixiante la atenazaba. También había dejado eso a un lado y se había explicado que ese era su trabajo, que tenía que fingir estar impecable. Se había enorgullecido de su capacidad para estar perfecta para Cayo, para satisfacer sus necesidades independientemente de lo que le pasara a ella.

Esa mañana, en Londres, cuando leyó ese papel con el correo electrónico impreso y vio que sus años con Cayo habían sido una farsa... Fue la gota que colmó el vaso. En parte, quería hundirse en el Adriático como una piedra y acabar con todo eso. ¿No era lo que había hecho Dominic? ¿A qué se sujetaba ella? Miró a Cayo, quien seguía allí sentado y visiblemente enojado, como si le diese igual que se hundiera o no, pero que dejara de fastidiarle la tarde. Eso, asombrosamente, fue una motivación. No volvería a hundirse, no se quebraría ni por Cayo ni por nada. ¿Cómo lo haría si ya estaba quebrada? Se frotó la cara para quitarse el agua y fingió no darse cuenta de que los ojos le escocían, y que no era por la sal. «Dominic, te prometo que por fin me alejaré de este hombre y que te llevaré a Bora Bora como siempre quisiste. Te daré el viento y el agua que te prometí y, entonces, los dos seremos libres», se dijo con rabia antes de acercarse a la lancha y agarrarse al borde. Cayo también se acercó al borde. Nunca lo había visto tan furioso.

–Muy bien, volveré al barco.

–Lo sé, señorita Bennett, pero ya que está ahí, hablemos de las condiciones, ¿de acuerdo?

Dru se apartó el pelo de la cara. Se imaginaba que la melena oscura parecería un manojo de algas y se alegró de que a Cayo, con toda certeza, le molestaría muchísimo. Ese pequeño placer le permitió limitarse a arquear las cejas y esperar, como si él no la afectara lo más mínimo.

–Me imagino que todo este número ha sido para que yo reconozca que es una persona –siguió él en ese tono condescendiente tan típico de él.

–Qué amable por pasar por alto casi todo lo que le he dicho –murmuró ella en un tono parecido.

–Le doblaré el sueldo –le ofreció él como si no la hubiese oído.

Dru tuvo que calcular cuánto dinero estaba ofreciéndole y por un segundo se preguntó si era tan necesario que escapara de él... pero, naturalmente, lo era. Podía quedarse con él o tener dignidad, si le quedaba algo, pero las dos cosas juntas eran incompatibles. Quiso decir muchas cosas, pero, a juzgar por cómo la miraba, supo que si decía una sola, la dejaría en el agua sin parpadear.

–Tengo frío –se limitó a decir ella–. ¿Va a ayudarme a subir a la lancha?

Él dejó pasar un instante algo tenso, pero acabó inclinándose, la agarró por debajo de los brazos y la sacó del agua como si pesase menos que una pluma. Se quedó de pie sobre el resbaladizo fondo de la lancha y cayó en la cuenta de muchas cosas: de que la tela de la falda, empapada, se pegaba completamente a sus muslos y sus caderas; de que la blusa también era como una segunda piel; de que la brisa le agitaba el pelo sin orden ni concierto; de que tenía mucho frío y que se sentía muy vulnerable. Sin embargo, levantó la mirada y se quedó sin respiración. No hizo falta que viera sus ojos para saber que estaba mirándola fijamente y que su ropa mojada no dejaba mucho a la imaginación. Su blusa había sido gris cuando estaba seca, pero, en ese momento, era casi transparente y dejaba ver el sujetador color granate que llevaba puesto. Dru no pudo procesar todos los sentimientos que la abrumaron: humillación, bochorno, vulnerabilidad, los sollozos que amenazaban otra vez... Volvió a mirar al mar y se habría tirado si no hubiese tenido tanto frío.

–Ni se le ocurra –le ordenó él.

Entonces, la lancha se puso en marcha y Dru habría caído encima de Cayo si él no la hubiese agarrado de la cintura y la hubiese dejado sobre los almohadones blancos que tenía al lado. Notó su fuerza y el calor que desprendía y sintió ese arrebato de deseo incontenible que hacía que se odiara a sí misma. Cayo no dijo nada hasta que estuvieron a bordo del yate y un taciturno tripulante la cubrió con una manta muy grande y cálida. Con ese aspecto desamparado, miró a su exjefe y él, naturalmente, la miró como un dios español, intocable, hermoso y resplandeciente por los últimos rayos de sol. La tripulación desapareció como si hubiese visto la tormenta que estaba avecinándose. Ella habría hecho lo mismo si hubiese tenido el más mínimo sentido común, pero se quedó con la espalda muy recta y una expresión todo lo serena que podía fingir. Cayo se bajó un poco las gafas de sol y le dirigió una mirada que debería haberla fulminado desde veinte metros, y estaba mucho más cerca.

–Estoy seguro de que sabe dónde hay ropa en este yate. Cámbiese y reúnase conmigo. Nos comportaremos como personas civilizadas y profesionales. Comentaremos más detalladamente las condiciones de su empleo y fingiremos que nunca pasó lo que hoy ha pasado.

Dru esbozó una sonrisa forzada y se dijo que no tenía ningún miedo.

–Tenía frío y quería salir del agua, pero sigo dejando el trabajo –ella se encogió de hombros ante la incredulidad de él–. Puedo decirle lo que quiere oír y luego desaparecer en cuanto pueda o puedo ser sincera y esperar que me deje marcharme con cierta dignidad. Usted elige.

Él la miraba como si, efectivamente, la hubiese fulminado con la mirada y solo quedara un montón de cenizas. Ella le aguantó la mirada y se dijo que la piel de gallina era por el frío.

–Creo que hoy usted y yo nos hemos olvidado completamente de la dignidad –replicó él.

–Con dignidad o sin ella, su elección sigue siendo la misma –consiguió decir ella como si no tuviera un nudo en la garganta.

Durante un rato, solo se oyeron la brisa del mar y las olas contra el casco.

–Vaya a arreglarse, señorita Bennett, y luego hablaremos –dijo él lentamente y con un acento muy marcado.

Sin embargo, cuando Dru entró en el lujoso despacho que formaba parte del enorme dormitorio principal, sabía muy bien que no estaba arreglada como a él le habría gustado. Estaba de pie junto a la mesa y con el teléfono móvil pegado a la oreja. Hablaba en el tono brusco que indicaba que estaba atendiendo a algún asunto de su empresa. Ella habría podido saber qué asunto era si hubiese querido y antes lo habría hecho automáticamente, pero ya no quería hacer nada de lo que hacía antes, de lo que la había llevado hasta allí. No le extrañó que la mirara con el ceño fruncido cuando se dio la vuelta.

–Tengo que colgar –dijo por el teléfono antes de guardárselo sin dejar de mirarla.

Pasó un rato cargado de tirantez.

–¿Puede saberse que lleva puesto? –preguntó él.

–No sabía que tuviera que seguir alguna etiqueta –replicó ella como si no lo hubiese entendido–. La última mujer que vi en este barco, hace unas horas, parecía llevar hilo dental como si estuviese de moda.

–Ya no está aquí –dijo él con los ojos entrecerrados por la furia–. Además, eso no justifica que vaya vestida como una...

–¿Una persona normal? Vamos, señor Vila, estamos en el siglo XXI y no me creo que sea la primera vez que ve a una mujer con vaqueros.

–Es la primera vez que la veo a usted con vaqueros,

pero no sabía que su pelo fuera tan... –Dru se estremeció por el brillo de su mirada y la dureza de su voz–... largo.

Ella se encogió de hombros como si él no la impresionara, entró más en la habitación y se sentó en una butaca que daba a un ventanal sobre el mar. Él había tenido razón. Naturalmente, sabía dónde se guardaba la ropa y otras cosas para invitadas inesperadas porque era ella quien las guardaba.

Después de haberse lavado el agua salada y ese beso trastornador, se había secado y había abierto la maleta de emergencia que tenía en todos los lugares que él visitaba con más frecuencia por todo el mundo. Dentro había un formal traje gris, una blusa rosa claro, otra color crema y una muda de ropa interior beige nada sugerente. También había metido horquillas y todo lo necesario para dominar su pelo ondulado y una bolsa con los cosméticos elementales. Había unos zapatos que entonaban con todo y un jersey negro de cachemir por si tenía que parecer «sport». Incluso, había guardado toda una serie de accesorios para que pudiera estar tan arreglada como siempre aunque estuviera en el barco por uno de esos caprichos de última hora que tenía Cayo. En resumen, tenía todo lo necesario para adoptar el papel de robot y no había sido capaz de adoptarlo. Había dejado que el pelo se le secara mientras se vestía y le caía como una cascada oscura por toda la espalda. En un armario había encontrado unos vaqueros blancos, demasiado ajustados para su gusto, y una preciosa camiseta holgada de dibujos azules y blancos que le entonaba muy bien con los pantalones. Se cubrió con un chal gris para protegerse del frío y salió descalza y sin maquillarse. Parecía... ella misma, aunque Cayo la mirara como si fuese un fantasma.

–¿Es otra manera de tirarse por la borda, señorita Bennett? –le preguntó él en un tono muy hiriente–. ¿Es otra manera desesperada de llamar mi atención?

–Usted fue quien quiso hablar conmigo –contestó ella con una sonrisa gélida que no sentía en absoluto–. Habría estado encantada de no tener que aguantar su mirada furiosa.

A él se le contrajo levemente la mandíbula, pero el rostro parecía esculpido en piedra.

–¿Y si le triplico el sueldo? –preguntó Cayo con una mirada inexpresiva–. Dijo que vivía en un estudio alquilado. Le compraré un ático. Elija la zona de Londres que prefiere.

Estuvo muy tentada de aceptar, naturalmente. Le ofrecía una vida completamente distinta, una vida fantástica por un trabajo que le había gustado... hasta esa mañana. Sin embargo, ¿no era una forma de prostituirse cuando todo estaba dicho y hecho? Le pagaba si se entregaba a él. Además, tenía la sombría y dolorosa certeza de que no lo haría porque le conviniera económicamente, sino que lo haría porque lo añoraba, porque él aprovecharía su destreza y ella soñaría con otra noche como la de Cádiz, con otro beso como el de hacía un rato. ¿Qué sería de ella después de otros cinco o diez años así? Sería esa solterona rechazada y patética que vivía en un piso regalado y que todos los días se vestía para agradarlo, su autómata favorita... Sintió náuseas. Sería mucho más fácil si pudiera hacerlo solo por el dinero, como lo hizo al principio. Sin embargo, había llegado demasiado lejos.

–No quiero vivir en Londres –ella se encogió de hombros e intentó pasar por alto cuánto lo deseaba, como fuese, hasta en ese momento–. No quiero un piso.

–Entonces, ¿dónde? –preguntó él arqueando una

ceja–. ¿Quiere una casa? ¿Tierras? ¿Una isla privada? Creo que tengo de todo.

–Efectivamente, lo tiene –confirmó ella con cierto orgullo por no tener que consultar al ordenador para saberlo–. Tiene dieciséis viviendas, algunas con terreno. También tiene tres islas privadas y una serie de atolones. Eso era la última vez que hice recuento porque siempre compra más cosas, ¿no?

Él se apoyó de espaldas en la mesa que ocupaba el centro de la habitación y se cruzó de brazos como si esperara que lo adoraran. Ella notó la intensidad de su mirada clavada en sus pies descalzos, pero no sabía qué veía.

–Elija lo que quiera –le ordenó él.

–No puede comprarme –replicó ella en el mismo tono que él–. No quiero su dinero.

–Todo el mundo tiene un precio, señorita Bennett –Cayó se pasó una mano por la mandíbula y la miró con curiosidad–. Sobre todo, quienes afirman no tenerlo.

–Efectivamente.

Ella se agitó en la butaca con cierta inquietud. Quería acabar con todo aquello, quería haber encontrado la fuerza para resistirse, haberse marchado y vivir sin él. Quería que eso hubiese terminado, no tener que terminarlo.

–Sé cómo actúa –siguió ella–, pero no me queda familia a la que amenazar o salvar. Tampoco tengo deudas que pueda saldar en su beneficio ni secretos con los que chantajearme. Me temo que no tengo nada con lo que pueda obligarme a aceptar un empleo que no quiero.

Él se limitó a mirarla como si diese igual lo que dijera. A él, le daba igual, era inmutable. Incluso, era posible que disfrutara al verla dándose cabezazos contra un muro. Sintió algo parecido a una descarga de electricidad por la desesperación, se levantó y se alejó de él.

—Señorita Bennett... —dijo él en ese tono que presagiaba el golpe mortal.

—¡Basta! —gritó ella.

La desesperación se había adueñado de ella y solo podía obedecerla. Lo miró con los puños cerrados y un escozor amenazante en los ojos.

—¿Por qué hace todo esto?

—Ya se lo he dicho —contestó él con impaciencia y fastidio—. Es la mejor asistente personal que he tenido. No es un halago, me limito a constatar un hecho.

—Es posible que sea verdad, pero no lo justifica —ella levantó las manos para que no replicara—. Podría sustituirme con quince asistentes perfectas, con todo un ejército ya formado y dispuesto a servirle al cabo de una hora. Podría sustituirme con la que eligiera en el mundo. No hay ningún motivo para todo esto, ¡no lo hubo hace tres años ni lo hay ahora!

—Al parecer, su precio es más elevado que el de la mayoría...

—Es una locura —Dru se apartó el pelo de la cara e hizo un esfuerzo para no llorar—. No me necesita.

—Pero la quiero.

No la quería como ella lo quería a él, eso estaba muy claro. Fue como si algo hubiese explotado dentro de ella.

—¡Nunca lo entenderá! —ella se detuvo para intentar dominarse, pero ¿para qué?—. Amé a alguien y lo perdí. No se pueden recuperar los años.

A Dru no le importó que lo hubiese dicho con la voz temblorosa y que tuviese los ojos húmedos. Le daba igual lo que él pudiese ver y no le importaba que creyera que hablaba de alguien más que su hermano. Se había permitido hacerlo y esa pérdida del control era lo que transmitía.

—No puede ofrecerme ninguna cantidad de dinero que pueda arreglar lo que está roto. Nada puede devolverme lo que he perdido, lo que me han arrebatado, nada —peor aún, lo que ella, neciamente, le había dado a él—. Quiero desaparecer en un mundo donde Cayo Vila no exista, ni para mí ni para nadie.

Entonces, inesperadamente, aceptó la triste realidad. Él no tenía que ofrecerle pisos ni islas privadas, no tenía que arrojarle su dinero. Si hubiese dicho sinceramente que la quería, si, incluso en ese momento, la hubiese estrechado contra sí y le hubiese dicho que no podía imaginarse la vida sin ella... Tenía esa parte masoquista que hubiese trabajado gratis para él si la quisiera de esa manera. Sin embargo, Cayo no quería a nadie de esa manera. Era incapaz, no había conocido el amor ni lo conocería, pero ella sabía que eso no era más que una bonita forma de encubrir una verdad espantosa. Aun así, lo anhelaba.

—Ya lo ha dejado claro —comentó él después de un momento de tensión.

—Entonces, por favor, déjeme que me marche.

Por un instante, creyó que iba a aceptarlo. Sus fascinantes ojos dejaron escapar un destello extraño, pero, entonces, su rostro pareció oscurecerse y se puso muy recto para mirarla mejor desde su altura. Ella se recordó que era Cayo Vila y que nunca soltaba nada, que no cedía, que no llegaba a pactos, que insistía hasta que ganaba. No pudo entender por qué, pero le costaba respirar.

—Me debe dos semanas y va a dármelas —sentenció él—. Puede hacer su trabajo durante esas dos semanas y cumplir su contrato o puedo retenerla por despecho como a un perro encadenado.

Sin embargo, no parecía despechado, parecía más bien triste y eso hizo que se le encogiera el corazón otra vez. Volvió a sentir ese anhelo que hacía que deseara... pero sus deseos eran peligrosos y siempre la dejaban desgarrada por dentro. Los dejó a un lado.

–Usted elige, señorita Bennett –añadió él con una sonrisa distante y gélida.

# Capítulo 4

EL DEBERÍA estar feliz o, al menos, satisfecho. Cayo se dejó caer contra el respaldo de la silla y miró la cena que Drusilla había preparado en el comedor de la suite presidencial del hotel Principe di Savoia de Milán, uno de los más exclusivos de Europa. Las habitaciones de la enorme suite tenían unos techos muy altos y estaban llenas de antigüedades y los mejores muebles italianos. Todo rezumaba riqueza y elegancia.

Los inversores estaban impresionados, como era de esperar. Fumaban cigarros y se reían ante los restos del último de los siete platos. Su deleite parecía retumbar en las paredes forradas de caoba y en las lámparas de cristal de Murano que colgaban encima de ellos. Cayo sabía sin la más mínima duda que sería otro éxito, que sería más dinero y poder para el Grupo Vila. Aun así, esa noche solo parecía poder concentrarse en Drusilla.

–Muy bien. No voy a seguirle este juego más –le había espetado ella en el yate con los ojos grises rebosantes de furia y de algo más sombrío–. Si quiere esas dos semanas, se las daré, pero se acabó.

–Dos semanas de asistente o de animal de compañía. A mí, me da igual.

Ella se rio de forma lúgubre.

–Le odio.

–Eso me aburre –replicó él mirándola fijamente–. Peor aún, la convierte en una de tantas.

—Me imagino que se refiere a todo el mundo.

Él receló por su tono y al verla con los puños cerrados.

—Piénseselo dos veces antes de intentar sabotearme por activa o pasiva durante los últimos días que pasa conmigo, señorita Bennett. No le gustarían las consecuencias —le advirtió él.

—No se preocupe, señor Vila —replicó ella diciendo su nombre como si fuera un insulto y haciéndole un daño que no acabó de entender—. Cuando decida sabotearlo, no tendrá nada de pasivo.

Ella desapareció esa tarde y no volvió a saber nada de ella hasta la mañana siguiente, cuando se presentó en la suite a la hora del desayuno y perfectamente vestida, como siempre, sin esos vaqueros blancos y ceñidos que le tentaban y le recordaban que había tenido esas piernas alrededor de las caderas, sin esa melena agitada que lo desconcentraba y le alteraba los sueños. Se había sentado delante de él, con la tableta electrónica en el regazo, y le había preguntado, como miles de veces antes, si los planes del día se ajustaban a lo que él había dejado escrito... como si el día anterior no hubiese existido.

En ese momento, al mirarla con los ojos entrecerrados, casi podía imaginarse que nada había cambiado entre ellos, que ella no había dimitido y que él no había tenido que obligarla a que cumpliera su contrato; que no se habían besado como se habían besado, que no se habían dejado llevar por la ira, que no habían revelado demasiadas cosas en las que no quería pensar, que no se habían apasionado... casi...

Esa noche, parecía tan profesional y fría como siempre, con esa belleza que ya no podía pasar por alto y que acentuaba su serena eficiencia. Llevaba un traje azul de chaqueta hecho a medida que resaltaba su comedida elegancia, su seña de identidad. Era su mano derecha en situaciones como esa, su arma secreta, y conseguía que pareciera que no estaba haciendo una presentación para obtener generosas inversiones, sino que estaba compartiendo una ocasión maravillosa con futuros amigos.

A lo largo de esa larga velada había llegado a la conclusión de que ella conseguía que pareciera más encantador y atractivo de lo que era y se preguntó cómo era posible que no se hubiese dado cuenta antes. Ella le daba un toque humano que muchos rivales, furiosos por la derrota, decían que no tenía.

La había observado esa noche. Había animado al selecto grupo de diez inversores, había hecho que hablaran de sí mismos, que se sintieran interesantes e importantes, valorados. Los había escuchado con atención, se había anticipado a sus preguntas y se había reído con ellos con ese aire inteligente y sereno que parecía auténtico, no empalagoso. Ellos la habían adorado.

Gracias a ella, él podía ser implacable sin que nadie se sintiera intimidado ni a la defensiva.

En ese momento, estaba sentada en el extremo de la opulenta mesa con la tableta electrónica en la mano, como siempre, y de vez en cuando tecleaba algo para atender las distintas necesidades de todos lo que la rodeaban. Hacía que todo pareciese muy fácil, como si lo más natural del mundo fuese que el empresario francés quisiera recibir un masaje Rieki a las dos de la madrugada y ella estuviese encantada de llamar al conserje. Era su ordenador viviente, su mayordomo y, si era sincero, su verdadera persona de confianza. Era inteligente y digna de toda confianza. Debería haberla animado para que lo dejara hacía tres años, cuando ella quiso

cambiar de trabajo. En ese momento, podría estar diri-
giendo alguna empresa de las suyas, era así de válida.

Naturalmente, por eso fue tan reacio a dejar que lo
hiciera. Al menos, ese fue uno de los motivos, se reconoció con cierta impaciencia sombría consigo mismo.
Sujetó con indiferencia la copa de vino mientras fingía
atender a la conversación. Naturalmente, nadie esperaba
que los distrajera ni que fuese especialmente educado,
esa era la tarea de Drusilla.

Era maravillosa, pero no hizo caso a la punzada que
sintió cuando pensó en que pronto se marcharía, que pronto tendría que pensar en otro planteamiento para conseguir lo que quería de los inversores como esos, que no
tendría su sereno y casi invisible respaldo.

Pronto tendría que afrontar todo lo que, tozudamente,
no quería aceptar: que no quería que se marchara y que,
como empezaba a sospechar, tenía poco que ver con la
empresa, aunque le costara reconocérselo.

–Créame, señor Peck, será una de esas comidas que
le cambiarán la vida. Naturalmente, tiene tres estrellas
Michelin. Se la he reservado para mañana a las nueve.

Cayo oyó que Drusilla se lo decía al hombre de aspecto fatuo que tenía a la izquierda, al heredero de una
de esas fortunas levantadas con el acero de una pequeña
ciudad de Estados Unidos. Él resopló de satisfacción,
como si ella estuviera contándole un secreto.

Entonces, Drusilla se puso recta y lo miró a los ojos
a través de la mesa y del humo de los cigarros. Fue
como si el resto de la habitación se hubiese quedado a
oscuras, como si hubiese dejado de existir, como si solo
existiera ella, como si solo existiera el impacto abrasador de su contacto. Él captó la verdad en ese rostro tan
hermoso que ya podía interpretar demasiado bien. Notó
el golpe como si ella se lo hubiese dado con el objeto

punzante que tenía más cerca. Fue muy fuerte y lo alcanzó en la boca del estómago.

Lo odiaba. No le dio mucha importancia cuando ella se lo dijo, se lo había dicho tanta gente a lo largo de los años que era como una cantinela repetitiva. Sin embargo, empezaba a creer que ella lo decía de verdad y que, además, lo consideraba un monstruo.

Nada de eso era una novedad ni le sorprendía. Sin embargo, sí lo era que él supiera plenamente que había actuado como un monstruo y haría bien en recordarlo.

Mucho más tarde, cuando los inversores ya se habían marchado, Cayo no podía dormir. Iba de un lado a otro de la suite sin fijarse en los cuadros que colgaban de las paredes ni en las lámparas de cristal soplado a mano ni en las impresionantes antigüedades que había por todos lados. Salió a la terraza con vistas de Milán. Las agujas de la famosa catedral resplandecían en la húmeda oscuridad de la noche. En un día claro, podría ver las cimas nevadas de los Alpes en la distancia y tenía la sensación de notarlas cerniéndose vigilantes sobre él. Sin embargo, no podía ver otra cosa que no fuese Drusilla, como si lo persiguiese obsesivamente aunque todavía no lo había abandonado.

Volvió a pensar que ella creía que era un monstruo y no sabía por qué le importaba, por qué le impedía descansar. Sin embargo, allí estaba, mirando con rabia a una ciudad durmiente.

No pudo evitar repasar todo lo que había pasado durante los días anteriores y casi no se reconoció. ¿Dónde estaba su famoso dominio de sí mismo que tanto temían los colosos de la industria? ¿Dónde estaba esa frialdad que siempre lo había guiado acertadamente y por la que más de un competidor lo había acusado de ser una máquina y no un hombre?

Pensó que era lo que su abuelo predijo hacía mucho tiempo y ese recuerdo que había olvidado brotó en su memoria contra su voluntad y todavía lleno de toda la desdicha y el dolor de su juventud. Retrocedió en el tiempo hasta el sitio que menos le gustaba del mundo, su casa... o, mejor dicho, el sitio donde nació y que abandonó dieciocho años después.

Todo el pueblo había predicho que no llegaría a nada. Todos decían, a la cara o a sus espaldas, que había nacido del pecado y que era una vergüenza, que había que ver en lo que se había convertido su madre, que era una furcia abandonada que se había visto obligada a pasar el resto de su vida encerrada en un convento como penitencia. A nadie la habría extrañado que él hubiese seguido el mismo camino, que hubiese acabado tan deshonrado y marginado como ella antes de desaparecer en un convento. Nadie había esperado que Cayo Vila llegase a ser algo más que la mancha que ya era en el nombre de su familia. Ese era su destino para todo el pueblo y para su abuelo, eso era lo que les pasaba a los niños como él, nacidos de la deshonra y rechazados por sus padres.

Sin embargo, a pesar de todo eso, él lo intentó con ahínco. Esbozó una sonrisa al acordarse de aquellos años vacíos y estériles. Quiso con todas sus ganas tener raíces porque desde muy pequeño supo que no las tenía. Obedeció en todo a su abuelo. Fue un alumno ejemplar en el colegio. Trabajó incansablemente en la pequeña guarnicionería de la familia y nunca se quejó aunque los otros niños de su edad jugaban al fútbol u holgazaneaban tranquilamente. Nunca se peleó con quienes lo calumniaban o insultaban o, al menos, nunca lo sorprendieron haciéndolo. Intentó demostrar con todas sus palabras y actos que no se merecía el desprecio, que era parte de ese pueblo y de su familia independientemente de cómo hubiese llegado allí.

Llegó a pensar realmente que podría persuadirlos. Sintió esa oleada de impotencia como si todavía pudiera hacerle daño. Aunque no podía, se dijo a sí mismo. Para eso, necesitaría un corazón y hacía más de veinte años que se había deshecho del suyo.

—He cumplido con mi obligación, pero ya eres un hombre y tienes que acarrear por tus medios el peso de la vergüenza de tu madre.

Eso fue lo que le dijo su abuelo la mañana que cumplió dieciocho años, cuando todavía no se había despertado casi, como si ya no pudiera esperar más tiempo para librarse de la carga que había soportado durante todos esos años. Recordó la expresión de su abuelo, el brillo de sus ojos oscuros al mirarlo. Fue la primera vez en su vida que vio contento al anciano... o algo parecido.

—Pero abuelo... —intentó defenderse él.

—No eres mi nieto —lo interrumpió el anciano en un tono tajante y orgulloso—. He hecho lo que tenía que hacer por ti y ahora me lavo las manos. No vuelvas a llamarme «abuelo».

No volvió a llamárselo ni cuando ganó el primer millón ni cuando compró todo ese pueblo dejado de la mano de Dios, todas sus casas y campos, todas las tiendas y edificios. Ni siquiera se lo llamó cuando estuvo junto a su cama en el hospital y miró impasiblemente al hombre que lo había criado, si eso era lo que había hecho.

No hubo reconciliación ni el más mínimo arrepentimiento de última hora antes de que el anciano falleciera hacía tres años. Entonces tenía treinta y tres años y era multimillonario. Poseía más cosas de las que podía contar, entre ellas, un pequeño pueblo perdido en las montañas de Andalucía.

Cuando se paseó por el pueblo en el asiento trasero de un Lexus, no se sintió como una mancha en las blancas paredes del pueblo y no creyó que ninguno de los lugareños le tomaran por una cuando tenía sus vidas y sus fortunas en sus manos. No se sintió parte del pueblo ni de Cádiz ni de Andalucía... ni siquiera de España. Casi le costó recordar que había vivido allí y no sintió nada hacia esos pueblerinos que tanto lo despreciaron y que en esos momentos se sentían obligados a llamarlo «señor».

–¡Dios mío! ¡Tú, no! –había exclamado su abuelo trabajosamente y mirándolo con espanto.

–Sí, yo –confirmó Cayo con frialdad desde los pies de la cama del hospital.

–El demonio te tiene poseído –graznó el anciano con un hilo de voz–. Siempre lo has llevado dentro.

–Te pido disculpas. Entonces fui tu obligación y, al parecer, ahora soy tu maldición.

Él lo dijo en un tono seco, casi indiferente. ¿Qué podía hacerle ese hombre insignificante? Le pareció asombroso que alguna vez hubiese podido hacerle daño y mucho más que lo hubiese conseguido. El anciano, como si quisiera confirmar sus palabras, no volvió a decir nada, se santiguó y falleció poco después.

Él no sintió absolutamente nada.

No se permitió sentir casi nada desde que abandonó ese pueblo el día que cumplió dieciocho años. Aquel día miró hacia atrás y lloró por lo que creía que había perdido. Se sintió traicionado, rechazado. Sintió todo lo que sentía un hombre débil, un muchacho. Cuando se rehízo y acabó aceptando que estaba solo, que siempre había estado solo y que nunca volvería a estarlo, se sacudió el polvo y se arrancó esa parte de él que todavía se aferraba a esos sentimientos contraproducentes. Dejó el corazón en ese pueblo de su infancia y nunca había tenido motivos para lamentarlo. Más aún, nunca había notado que no lo tenía.

Por eso no sintió nada cuando entró en la sala donde le esperaba Drusilla con una expresión premeditadamente neutra, como correspondía a una asistente personal a la que pagaba muy bien para que no reaccionara ante nada de la vida de su jefe. Él no había sentido nada durante el largo trayecto desde las montañas con pintorescos pueblos hasta la ciudad de Cádiz, aunque fue como un viaje a través de la memoria. No había sentido nada durante esa larga noche aunque la manzanilla primero le soltó la lengua y luego hizo que besara a Drusilla contra la pared de un callejón de la ciudad antigua, que la levantara para que le rodeara la cintura con sus piernas y se dejara arrastrar por la dulce calidez de su boca.

No sintió nada en absoluto.

Sus labios carnosos lo habían embriagado, como ese cuerpo flexible, esas curvas sensuales y su forma de cimbrearse contra él. Volvió a excitarse al acordarse, como si todavía estuviera en esa callejuela hacía tres años y no en una gélida noche de Milán. Además, ese traicionero corazón que creía tener adiestrado le palpitó a un ritmo que le hacía plantearse cosas que no debería, le hacía desear con tanta intensidad que empezaba a ser una necesidad. Dejó escapar un improperio en español que no sirvió para nada y se frotó la cara con las manos.

Tenía que poner fin a esa locura que estaba adueñándose de él contra su voluntad y que estaba consiguiendo que perdiera el dominio de sí mismo.

Dru sintió un escalofrío, se cubrió mejor con el chal y deseó haberse puesto algo más abrigado que el pijama de seda color champán que le había proporcionado el mayordomo de la suite presidencial con la ropa que había llevado durante la cena. Llevaba horas intentando quedarse dormida. Había estado tumbada en el dormitorio y había observado la opulencia de las butacas estilo imperio y la cómoda con herrajes dorados como si fueran las culpables de su insomnio.

¿Por qué había cedido? ¿Por qué había aceptado trabajar durante las dos semanas que le había exigido él? Habían pasado dos días desde que transigió y todavía no podía contestarse sin odiarse más todavía. Había acabado dándose por vencida y había decidido tomar un poco el fresco. La noche era húmeda y oscura por el cielo nublado aunque las luces de la cuidad brillaban tenuemente. Era una vista preciosa, como todo lo que tocaba Cayo, como todo lo que hacía, como él...e igual de fría.

Se había quedado porque era la solución más fácil y rápida. Al menos, eso era lo que se había repetido durante esos dos días. Escaparse de Cayo significaba seguir sometida a todo eso y ¿qué importaban dos semanas más? Había soportado cinco años. Dos semanas pasarían volando y sería el final definitivo.

El problema era que sabía cómo acabaría todo y, en cierto sentido, se sentía aliviada, como si eso fuese un aplazamiento, como si Cayo pudiese recuperar el juicio y salvarse...

Había perdido la esperanza en sí misma y en esa fe que tenía en él. ¿Cómo podía confiar en tener la fuerza suficiente para alejarse de él cuando le costó tanto la primera vez? ¿Qué motivos tenía para pensar que lo haría en dos semanas?

—Si se tira desde ahí, comprobará que la Piazza de la Repubblica es mucho más dura que el mar Adriático —dijo él entre las sombras.

Dru dio un respingo y se llevó las manos al pecho como si así pudiera evitar que se le saliera el corazón. Boquiabierta, se dio la vuelta y se lo encontró mirándola. Estaba sombrío y pensativo, provocador e insoportablemente sexy. Llevaba una bata de seda azul marino que no se había cerrado sobre los calzoncillos que se ceñían a sus interminables muslos. Parecía una mezcla de rey y de modelo de ropa interior. A Dru se le secó la boca. Una cosa era que se pavoneara con sus trajes de cinco mil libras o que se pusiera la ropa que consideraba informal y que resaltaba su físico atlético. Sin embargo, eso... Eso era distinto, era una fantasía hecha realidad, su fantasía. Entonces, súbitamente, se dio cuenta de que estaba muy poco vestida, de que el pijama de seda se le pegaba al cuerpo cada vez que respiraba, de que se sentía más desnuda que si estuviese desvestida. Sintió una oleada cálida por todo el cuerpo, como una caricia de él.

Independientemente de lo enfadada que estuviese y de lo necia o traicionada que se sintiera, allí, en plena noche, en una terraza en Italia, tuvo que reconocerse que nunca había dominado ese atractivo devastador de Cayo y lo mucho que siempre la había afectado... incluso antes de aquella noche en Cádiz.

—No sabía que estaba ahí.

Dru notó un temblor en la voz que la delataba, que casi decía a gritos todo lo que no quería reconocerse a sí misma y que, evidentemente, no quería que él supiera. Que se derretía por él hasta en ese momento; que anhelaba que la acariciara con sus diestras manos y esa boca que creaba adicción; que sus labios, sus pechos y esa avidez entre los muslos...

Era como si ya no pudiera engañarse a sí misma en la oscuridad de esas horas de la noche.

Él ladeó levemente la cabeza y se acercó mirándola a la cara. Había estado más distante y frío que de costumbre durante la cena y ella se había preguntado sinceramente si estaba cuerda y tenía dignidad por preocuparse por él. ¿Qué decía de ella que incluso en ese momento, secuestrada y amenazada, se olvidara de su justificada indignación para preocuparse por el hombre que le había hecho todo eso?

Nada bueno, nada sano. No le extrañaba que no hubiese podido dormir.

—Aquí estamos otra vez, en la oscuridad.

Cayo lo dijo en un tono extraño. Su rostro parecía más despiadado todavía por las sombras y la luz que salía del interior lo iluminaba muy poco, pero sus ojos color ámbar la abrasaban.

Ella no supo qué había querido decir. Notó que sus palabras retumbaban dentro de ella y el delicioso anhelo que despertaron hizo que perdiera toda esperanza de abandonar alguna vez a ese hombre, de sobrevivir a él.

—No quería molestarlo, señor Vila.

Su voz, sin embargo, fue un sonido entrecortado que la delató, que le transmitió todo, estaba segura de ello. Unas lágrimas de rabia y agotamiento empañaron sus ojos. Parpadeó para contenerlas y se alegró de poder mirar hacia otro lado.

Él le tocó el brazo con la mano cálida y fuerte. Ella se quedó petrificada y sin atreverse a mirarlo, con miedo de que él pudiera ver la confusión, la atracción y el dolor que quería ocultar por todos los medios. Fingió concentrarse en la coleta que se había hecho, se la pasó por encima de un hombro y se la acarició nerviosamente con las dos manos. Sin embargo, él se la tomó con una mano y tiró suavemente para que ella inclinara la cabeza y lo mirara.

Dru se quedó sin respiración cuando algo punzante y casi dulce la atravesó. Quizá solo fuese un sueño, quizá solo fuese otro sueño de esos que tenía con Cayo, cuando se despertaba presa del pánico en su diminuto estudio y jadeaba anhelante, sola y impotente por todas las sensaciones que nunca podía liberar. Sin embargo, sabía lo que pasaba.

—¿Cuál es el verdadero motivo para que quiera marcharse?

Él se lo preguntó con una voz delicada aunque poderosa que la llenó, que hizo que su firmeza pareciera demasiado etérea, demasiado maleable, que hizo que deseara poder estar enfadada con él y no dejar de estarlo. Sin embargo, la noche húmeda hacía que todo fuese distinto, que lo mirara como si allí, en plena noche, él pudiera parecerse al hombre que ella creía que era y que pudiera decirle parte de la verdad.

Sin embargo, parpadeó y el escozor de los ojos le recordó quién era de verdad.

—¿Por qué se empeña tanto en que me quede? —preguntó ella—. Tiene mal concepto de mí. Cree que solo sirvo para ser su asistente personal.

—Algunas matarían por tener ese privilegio —respondió él con una mueca que no fue una sonrisa.

Estaba muy cerca, la imponente virilidad de su maravilloso torso estaba al lado, impasible al frío, y a ella le costaba muchísimo prestar atención a lo que tenía que prestársela.

Se estremeció al comprender que no podía evitar la reacción a él, que en ese momento era tan fuerte como lo fue hacía tres años, que era como si su cuerpo ya no pudiera fingir que no la alteraba. ¿De qué otra manera podía destruirse antes de que todo eso acabara? ¿De qué otra manera podía sacrificar todo lo que le importaba, ella misma, en el altar de ese hombre?

–Doy por supuesto que fue un castigo.

Lo miró a la cara y el corazón se le hundió cuando solo vio lo que veía siempre; su implacable crueldad, su belleza bárbara tan inalcanzable como las estrellas ocultas tras las nubes.

–¿Por qué iba a castigarla? –preguntó él con el ceño fruncido.

–Cádiz, naturalmente –contestó ella con las cejas arqueadas.

Él dejó escapar un sonido de impaciencia.

–Creo que tenemos bastantes cosas de qué hablar sin invocar a los fantasmas –replicó él aunque en un tono extraño que indicaba que no se lo creía tampoco.

–El fantasma –le corrigió ella sin dejar de mirarlo–. Habíamos acordado que fue un beso insignificante, ¿no? Sin embargo, me castigó por él.

–No sea absurda.

–Me castigó –repitió ella con firmeza–. Además, fue usted quien lo empezó.

Él había hecho algo más que empezarlo. Los había prendido fuego. La rodeó con un brazo, disfrutó con las tortillitas de camarones, lo calamares fritos, el vino de Jerez y con la embriagadora certeza de que, después de trabajar dos años con él, Cayo por fin le había mostrado que no era solo despiadado y exigente, que no era solo un empresario que no tomaba prisioneros. Había captado el aroma a cuero y especias de su cara colonia y la calidez que brotaba de su piel bajo la ropa, había lamentado la dolorosa escena con su abuelo, había sufrido por todo lo que le había pasado y por lo que le habían hecho. Él le habló aquella noche, le habló de verdad, como si fueran dos personas normales y corrientes, como si fuesen algo más que los papeles que representaban y las obligaciones que cumplían.

Fue mágico.

Entonces, Cayo le dio la vuelta y la apoyó contra la pared más cercana. Fue como si ella explotara hacia él, como si hubiese estado esperando a ese momento preciso. Él dijo algo que ella no entendió y la besó tan implacablemente como lo hacía todo. El fuego y el anhelo la dominaron como una tempestad y se dejó arrastrar. Perdió la cabeza. Le gustó aterradoramente y se encontró abrazada a él con las piernas alrededor de sus caderas mientras la estrechaba contra su maravilloso cuerpo, la devoraba insaciablemente con sus besos...

Se quedó despierta toda la noche, como en ese momento.

—No fue un castigo —insistió él en un tono profundo que devolvió a Dru a la realidad.

Sus perspicaces ojos la miraron como si pudiera ver en su memoria, como si supiera exactamente lo que la alteró hacía tres años, como si sintiera la misma pasión, como si él también lamentara que los hubiesen interrumpido.

Un grupo de desconocidos se había acercado entre risas y ella había bajado las piernas delicadamente, demasiado delicadamente. Se habían mirado perplejos y con la respiración entrecortada antes de volver al hotel, donde cada uno se fue a su habitación sin decir una palabra.

Nunca volvieron a hablar de aquello.

—Entonces, ¿por qué...?

Él se pasó los dedos entre el pelo.

–No quería que se marchara –contestó él con la voz ronca–. No hubo ningún motivo oculto. Se lo dije, no me gusta compartir –él resopló antes de seguir con firmeza–. Usted es una parte integral de todo lo que hago. Tiene que saberlo.

Ella, incapaz de asimilarlo, sacudió la cabeza. No podía asimilar lo que sabía que quería decir y lo que ella quería que dijera. Estaba hablando de trabajo, se recordó con rabia, aunque la mirara con ese brillo en los ojos color ámbar. Siempre hablaba de trabajo, para él no había nada más. ¿Por qué no podía aceptarlo?

Era excesivo, le dolía.

–¿Qué es lo que teme? –le preguntó ella antes de saber si quería oír la respuesta–. ¿Por qué no puede reconocer lo que hizo?

Él la miró con el ceño fruncido y ella temió una respuesta hiriente, pero no se la dio. Por un instante, aunque no tuviera sentido, pareció desgarrado, atormentado. La ciudad estaba silenciosa, como si fuesen las dos únicas personas en el mundo, y Dru se mordió el labio inferior para sentirse en la realidad con ese ligero dolor y no decir lo que no debía decir.

Esa vez, él le acarició la mejilla con el dorso de la mano, con una delicadeza increíble que la abrasó como el más dulce de los besos.

–Tiene frío –dijo él con la voz ronca otra vez.

Era la voz de un desconocido, pero que, no obstante, hacía que se sintiera débil. Efectivamente, estaba helada y temblaba.

Si él quería pensar que tenía frío, ella no iba a discutírselo.

–Duerma un poco –le ordenó él con una mirada oscura y una boca sombría.

La dejó allí, temblorosa y a punto de llorar sin saber por qué, dándole vueltas a la cabeza tan enloquecidamente como en Cádiz, y ella casi creyó que había sido un sueño...

Casi.

# Capítulo 5

CAYO estaba de un humor de perros. Dio un sorbo de café, tan negro y áspero como su estado de ánimo, y miró a Drusilla por encima del borde de la taza cuando, a la mañana siguiente, apareció a la hora del desayuno.

Había pasado el resto de la noche buscando los fantasmas de su pasado por su cabeza y no encontrándolos. En ese momento, a plena luz del día y con la opulencia de la suíte como un halo alrededor de ella, Dru tenía su aire profesional de siempre y le pareció insoportablemente irritante. Había desaparecido la mujer que tuvo que acariciar en la oscuridad de la terraza, con esa coleta sobre el hombro y cubierta de seda y cachemir, como un regalo delicado y aromático. Había desaparecido como si solo hubiese sido un sueño especialmente obsesivo.

Sin embargo, la deseaba. La deseó entonces y la deseaba en ese momento, independientemente de cómo se presentara ante él.

–Nos vamos a Bora Bora –le comunicó él sin preámbulo alguno–. Ocúpese de que le proporcionen la vestimenta adecuada.

Si hubiese sabido cómo, quizá se habría dejado llevar por el pánico, pensó él con una especie de humor negro. Sin embargo, nunca había sentido algo tan desconcertante. La observó acercarse y se dijo que el deseo palpitante que se adueñaba de él solo era resentimiento o falta de sueño. Cualquier cosa menos lo que sabía que era.

Ella se detuvo antes de dejarse caer elegantemente en la butaca que había enfrente de él, al otro lado de la mesita junto a la ventana donde había desayunado. Captó que toda una serie de sentimientos cruzaban fugazmente la cara de ella antes de que volviera a adoptar la expresión neutra de siempre.

Eso también lo molestó.

−¿Ha pasado algo con su complejo turístico de allí que exija su atención personal?

Ella lo preguntó en un tono de voz tan sereno e imperturbable como toda ella, como si la noche anterior también hubiese sido inalterable, como si no se hubiese dirigido a él como lo habría hecho al responsable de su desdicha, como si no lo hubiese conmovido y no fuese tan frágil... y tan preciada.

Había vuelto a preguntarle qué temía y era como si algo se lo hubiese desgarrado por dentro.

−Sí, es parte del Grupo Vila −contestó él en un tono muy poco comedido−. Exige toda mi atención personal.

Ella lo miró con sus elocuentes ojos grises y le aguantó la mirada un instante antes de bajarla a la tableta electrónica que tenía en la mesa. Sonrió cuando la camarera del hotel le puso una tetera de plata delante y la despidió con la mano para rechazar la comida. Por algún motivo, su silencio le pareció una forma de censura.

−Saldremos esta noche. Considérelo mi regalo por sus años de servicio.

Él siguió manteniendo un tono un poco cortante, aunque mucho más considerado que antes. No sabía por qué estaba siendo dócil en vez de tomarla entre los brazos y dar rienda suelta a toda su tensión sexual de una vez por todas, que era lo que quería hacer, independientemente de lo que ella pensara de él... o de lo que él pensara de sí mismo.

Algo vibró en su mirada otra vez y luego desapareció tras ese muro de serenidad que le gustaba cada vez menos. Se preguntó si a ella le costaría tanto mantener ese aire profesional y circunspecto como le costaba a él no tocarla.

Lo dudaba.

–¿Este «regalo» entra dentro de mis dos últimas semanas? –preguntó ella con despreocupación aunque lo miró con unos ojos duros como el acero–. Ese es todo el tiempo que le queda, señor Vila, independientemente de lo que haga con él.

–Dijo que quería ir allí.

Estaba furioso con ella por no aceptar lo que él consideraba, a regañadientes, que era una señal de paz y consigo mismo por ofrecérsela. Sin embargo, hubo algo en la forma de mirarlo de la noche anterior que le había llegado muy hondo. En ese momento lo notaba como un ansia insoportable.

–Sí, quiero ir a Bora Bora –reconoció ella en voz baja y encogiéndose delicadamente de hombros–, pero nunca dije que quisiera ir con usted.

Fue una declaración de intenciones muy evidente.

Cayo, sin embargo, se dijo que no había motivos para tomárselo como una bofetada cuando solo era sinceridad. Ya sabía lo que pensaba de él. ¿Acaso no se había ocupado ella de que lo supiera aunque la noche anterior pareciera otra cosa? No debería sorprenderle.

–En la vida hay que transigir.

Él lo afirmó con un acento más marcado del que debería, como si estuviera enojado, algo que no tenía ningún sentido.

–¿De verdad? –preguntó ella en un tono entre burlón y sinceramente desconcertado–. ¿Cómo lo sabe?

Cayo se bebió el café que le quedaba y decidió que estaba cansado, que no había otro motivo para todo eso ni podía haberlo. No había dormido y por eso tenía tan espesa la cabeza. Por eso no podía pensar con claridad ni entender sus motivaciones o sus reacciones.

–Me cuesta seguir todas sus acusaciones –reconoció él en tono inexpresivo, casi coloquial– Cree que soy un sociópata, pero anoche me dijo que también tengo miedo. Hoy no sé lo que significa transigir. Antes era Godzilla, ¿no? –se quedó maravillado por el color que adquirieron sus mejillas y por cómo sacó pecho, como si se preparara para un ataque–. Creo que entiendo lo que quiere decir, señorita Bennett. Soy un monstruo como no hay otro igual.

«Monstruo» solo era una palabra, se dijo a sí mismo, cuando le retumbó por dentro y le recordó a aquel pueblo blanco en las montañas de España y al placer inclemente que sintió su abuelo cuando él cumplió dieciocho años. Solo era una palabra que no significaba nada.

–Usted es un hombre que da por supuesto que puede hacer lo que quiera solo porque lo dicta su voluntad –replicó Drusilla lentamente, como si meditara cuidadosamente todas las palabras–. Lo que hace no tiene consecuencias. Nunca se le ocurriría tenerlo en cuenta.

Ella tomó la tetera y se llenó la delicada taza que tenía delante. Lo miró a los ojos y luego miró hacia otro lado.

Él quiso tocarla con una furia distinta, así de intenso era el deseo de sentir su piel contra la de él. Quiso tomarle su boca y poseerla. Quiso arrastrarla hasta la superficie plana más cercana y entrar en ella por fin.

Sin embargo, no hizo nada de todo eso. Volvió a

mantener el dominio de sí mismo, aunque por muy poco.

—Claro que no. Por eso le pago.

Él replico con frialdad, como si el aire no bullera entre ellos, como si no hubiese tensión, como si no hubiese deseo, como si no hubiese necesidad. Tomó el *Financial Times*, que estaba doblado junto a su plato, y pensó que estaba desdeñándola como había hecho siempre, sin pensárselo, sin tenerlo en cuenta, como había dicho ella.

Era un viaje muy largo.

Él había dicho que no quería que se marchara y ella no podía dejar de repetírselo una y otra vez. Se ocupó del equipaje, de conseguir la ropa adecuada para Cayo en sus sastrerías preferidas de Milán y de la suya propia en La Rinascente, los grandes almacenes más importantes de la ciudad, muy cerca de la catedral. Mandó un montón de correos electrónicos, hizo una serie de llamadas telefónicas y llevó a cabo todas las obligaciones habituales de su trabajo, algo que hacía siempre estuviera donde estuviese.

Sin embargo, no conseguía olvidarse de la noche anterior, del aire frío, de la oscuridad y de su mano en la mejilla. También de su mirada tormentosa que la había arrasado, que todavía lo hacía. ¿Por qué iban a afectarle tanto unas palabras y un par de caricias? ¿Por qué iba a parecerle que todo había cambiado cuando nada parecía haber cambiado?

Esa tarde, a última hora, se montaron en uno de los aviones de Cayo en Milán y fue a su dormitorio. Se tumbó en la cama y no se dejó llevar por el torbellino que la dominaba por dentro. Todavía le quedaba lo que faltaba de las dos semanas y no podía derrumbarse tan pronto o no sobreviviría.

Cuando se despertó, unas horas más tarde, fueron a trabajar como si estuvieran en las oficinas de Londres y no en un avión que estaba cruzando el mundo. Se sentó al lado de él en la zona reservada para trabajar. Le preparó y ordenó las llamadas, ocupándose de todos los detalles de cada una, entregándole todos los documentos e informes que necesitaba y recordándole todo lo que podía haber olvidado o pasado por alto. Advirtió a las personas que llamaban sobre el variable estado de ánimo de Cayo y les dio ideas sobre cómo lidiarlo. Entre las llamadas, comentaron distintas estrategias o planteamientos para abordar cada asunto o persona.

—Estoy harto de sus jugadas —comentó Cayo sobre un miembro rebelde del consejo—. Quiero acabar con él.

—Es una posibilidad —Dru retiró un montón de documentos y puso otro mayor delante de él—. Otra posibilidad sería puentearlo como hizo el año pasado con el proyecto en Argentina. Aislarlo. ¿Con quién iba a poner en práctica sus jugadas entonces?

Cayo la miró con un brillo de aceptación en los ojos que no debería haberle agradado tanto.

—Efectivamente, ¿con quién? —preguntó él en voz baja.

Dru se cercioró de que el café de él estaba siempre caliente y a su gusto, se empeñó en que comiera algo después de cierto tiempo y le llevó un sándwich cuando él se negó a dejar de trabajar. Cuando su voz adoptó ese tono gélido que era un mal indicio, ella, delicadamente, le propuso que fuese a la suite principal para descansar o para serenarse haciendo ejercicio en el pequeño gimnasio que los acompañaba a todas partes. Ella también se ocupaba de todo lo relativo a los viajes y se cercioraba de que nada, ni lo más mínimo, pudiera incomodarlo independientemente de dónde estuviera y lo que tuviese que hacer, algo que había repetido un millón de veces.

Sin embargo, no era lo mismo.

Algo había cambiado realmente la noche anterior y se notaba hasta en las cosas más nimias. Hasta el aire parecía cargado de tensión eléctrica. Si su mano rozaba la de él, los dos se quedaban petrificados. Levantó la mirada de su tableta electrónica y se lo encontró mirándola con una expresión pensativa en los ojos, con un brillo dorado que no supo reconocer. Sin embargo, lo notó en los pechos, en el vientre, en los brazos, en que no podía respirar bien...

Se maravilló. Hacía que se sintiera ardiente, estremecida, excitada. Hacía que deseara otra vez lo que nunca podría conseguir.

Habían pasado diecisiete de las veinticuatro horas de viaje, además de las paradas para repostar, y habían trabajado nueve. Dru sabía que eso era la mitad de una jornada laboral para Cayo. Se sentaron en la zona común para descansar. Ella dio un sorbo de agua, pero no le preguntó por qué la miraba de esa manera tan distinta y desconcertante, tan pensativa, como si no la hubiese visto antes, como si esa conversación tan extraña en la terraza del hotel, que parecía sacada de un sueño, realmente hubiese cambiado algo entre los dos. Estaba segura de que por eso se sentía liviana, necesitada y sin respiración, por eso no podía pensar en otra cosa que no fuese Cayo... y de todas las maneras que no debería pensar.

–¿Por qué a Bora Bora? –preguntó él–. Cuando le propuse que se tomara unas vacaciones, supuse que iría a España o Portugal. Esto parece algo fuera de su alcance.

Dru sujetó la botella de agua entre las manos para que el cristal frío la sofocara.

–¿Por qué no Bora Bora? –preguntó ella con desenfado–. Si algo he aprendido al trabajar para usted, es a exigir lo mejor de todo.

–Claro.

Los ojos color topacio dejaron escapar un destello y, por un instante, ella no pudo apartar la mirada. Entonces, sus labios esbozaron una especie de sonrisa dura, sarcástica y ligeramente burlona.

–Me encanta comprobar que se toma el ocio tan en serio como todo lo demás.

–Es posible que lo único que quiera en le vida sea sentarme debajo de una palmera y mirar el mar –replicó ella aunque la mera idea le ponía un poco nerviosa.

–¿Y que le atiendan todos sus deseos? –preguntó él en un tono que ella no supo interpretar.

Ella pensó en las cenizas de Dominic, que estaban en una urna en el centro de su librería en Londres, y en las promesas que le había hecho a él y a sí misma. Las esparciría por el viento y el mar. Lo mínimo que podía hacer era honrar al hombre que pudo haber sido si hubiese tomado decisiones distintas o hubiese sido más fuerte al luchar contra sus propios demonios. Además, sabía que ella también necesitaba la ceremonia, dejarlo zanjado de una vez por todas.

–Algo así –contestó ella sin mirarlo a los ojos.

Él no la creyó y ella lo notó al ver cómo se movía en la mullida butaca de cuero y se apartaba el pelo negro y tupido de la frente.

–Qué libertina...

Eso fue una provocación, pero dio en la diana aunque ella sabía que no debería haberse inmutado.

–Ese tipo de cosas se las dejó a usted, señor Vila –replicó ella en tono cortante.

Fue una imprudencia y todo pareció ponerse tirante. Desapareció el aire y el ruido. Ella tuvo la atroz sensación de que el avión estaba cayendo en picado, pero no, Cayo no movió ni un músculo, solo era una sensación de ella. Notó que el corazón le retumbaba en el pecho y que no podía dejar de mirar a esa boca implacable que anhelaba, ya no podía disimularlo, y a ese brillo peligroso que tenía en los ojos y clavado en ella.

–¿Me está retando, señorita Bennett? Intentaré estar a la altura de sus fantasías.

Su voz hizo que la necesidad se convirtiera en un anhelo dulce y pertinaz que la abrasaba por dentro. Su boca despiadada esbozó una sonrisa forzada que a ella le pareció una caricia. ¿Lo sabía? Dru notó que se sonrojaba. ¿Sabía que lo que la desvelaba, que lo que la atormentaba era esa maravillosa fusión de lo que pasó en Cádiz y en el yate y de lo que se imaginaba que llegaba después?

–Sin embargo, cerremos antes ese trato en Taiwán –siguió él en ese tono aterciopelado y peligroso mientras la miraba con los ojos entrecerrados.

Cuando por fin llegaron a lo que ella supuso que era Bora Bora, aunque podía haber sido cualquier otro sitio porque la oscuridad era absoluta, Dru se sintió exhausta y bastante mareada por el jet-lag, por no decir nada de su calenturienta imaginación.

El helicóptero que tomaron después de aterrizar en Tahití los llevó a un pequeño aeródromo iluminado con antorchas. La noche era cálida y húmeda. Podía oler el mar y la fragancia de la exuberante vegetación, el dulzor de las flores como un perfume en la noche. Cuando levantó la cabeza para mirar al helicóptero que se alejaba, se quedó boquiabierta al ver el resplandor de las estrellas que tachonaban el cielo. El ruido del aparato se desvaneció y solo quedó un murmullo profundo y tropical.

—Venga —le ordenó Cayo con impaciencia.

Aparecieron unos empleados de entre la oscuridad y se hicieron cargo del equipaje. Dru siguió a Cayo por una pasarela de madera iluminada por más antorchas y flanqueada por vegetación. Aun en la oscuridad, podía casi palpar la jungla que la rodeaba. Cayo iba por delante y tuvo que apresurarse para poder seguir su paso, como había hecho siempre.

Una vocecilla le recordó que era como el perro en el que él le había amenazado en convertirla, pero ella no le hizo caso.

Cayo se detuvo delante de una casa enorme de estilo polinesio con el tejado abovedado y grandes ventanales cubiertos por contraventanas negras y deslizantes a lo largo de los muros.

Al otro lado del camino estaba el mar; agua oscura que se mecía suavemente sobre la playa y unas lucecillas a lo lejos. Estaba amaneciendo y el cielo se teñía de un azul oscuro. También pudo distinguir una montaña alta y oscura enfrente de ella, en su misma isla, pero al otro lado del mar.

—Esta es la villa —comentó Cayo.

Él la miró mientras ella se acercaba y su rostro implacable se suavizó algo por la delicada oscuridad tropical... aunque quizá solo fuesen imaginaciones suyas. La luz de las antorchas los iluminaba con un halo dorado y hacía que pareciera que estaban más cerca de lo que estaban, como si estuvieran los dos solos en el mundo y perdidos entre esa exuberancia.

—No sé por qué se marcha alguna vez de este sitio,

pero, claro, quizá se necesite una imaginación muy especial para conquistar el mundo desde un rincón tan remoto como este.

Ella intentó centrarse otra vez en el sitio, no en ellos dos. Sonrió, pero supuso que parecería tan nerviosa, tan desasosegada como se sentía. Entonces, repentinamente, él estuvo muy cerca aunque ella no lo había visto moverse. Lo tenía encima, con una espalda más ancha de lo que debería haber sido y un pecho demasiado musculoso. No podía respirar, solo podía perderse en esa mirada color ámbar y muy peligrosa.

Se le aceleró el pulso, se le secó la boca y sintió ese anhelo insoportable entre las piernas.

Él clavó la mirada en la de ella como si quisiera retenerla allí con su fuerza y, efectivamente, no pudo moverse.

—No me hable como si fuera uno de esos inversores —dijo él en un tono tajante, casi enojado—. No espere que siga su juego solo por un poco de conversación de salón.

Tenía razón, eso era exactamente lo que había hecho y le fastidiaba que lo hubiese notado tan claramente, que la hubiese captado. Siempre había pensado que había querido eso, pero, en realidad, la aterraba. Su trabajo era interpretarlo a él, no al revés. ¡Nunca al revés!

—Perdón —se disculpó ella—. Nunca volveré a comentar su falta de imaginación.

Él no dijo nada. Se limitó a pasarle un pulgar por los labios y no fue la caricia delicada de un enamorado. Fue descarada y innegablemente sexual. Si no hubiese sido imposible, inimaginable, ella habría pensado que estaba reclamándola, marcándola como se marcaba al ganado o se estampaba un logotipo en un producto.

Ella debería haberle apartado la mano de un manotazo, pero ardió lenta y profundamente, como ardía siempre y siempre ardería.

–Se lo aseguro, mi imaginación se dispara cada minuto que pasa.

Su voz era delicada y exigente, muy devastadora, un hilo de sonido en la noche húmeda rodeado de la tenue luz dorada y la vegetación. A Dru le ardían los labios y notaba su contacto por todo el cuerpo, por todas las venas, aunque ya había bajado la mano y se había apartado. El corazón seguía desbocado, la boca seguía seca y seguía teniendo un nudo en las entrañas. Lo sentía por todos lados. Él se limitó a mirarla durante un rato con los ojos oscuros y penetrantes y la boca despiadada e impasible.

Incluso eso le pareció una caricia y tuvo las mismas consecuencias.

Entonces, Cayo se dio la vuelta para saludar al sonriente hombre que se acercaba a ellos. Dru se dio cuenta de que se había olvidado por completo de la villa. Cuando él volvió a mirarla, ella no pudo interpretar la expresión de sus ojos.

En la terraza de Milán le dijo que no quiso que se marchara y que seguía sin quererlo. Allí, a medio mundo de distancia, ella todavía lo recordaba, quería que significara algo y, además, podía notar su contacto dentro de ella, haciéndola suya como si le hubiese tatuado su nombre con la tinta más negra e indeleble.

Se dijo que estaba agotada y contuvo otro escozor en los ojos. A la mañana siguiente nada sería así, era imposible.

–Parece agotada –Cayo asintió con la cabeza como si hubiera tomado una decisión y esbozó una sonrisa que parecía burlarse de sí mismo–. Frederic le acompañará a sus habitaciones.

Él la miró a la cara y ella creyó que podía leer sus pensamientos sin ningún esfuerzo. Entonces, Cayo se alejó y desapareció en la oscuridad de la noche. Ella se quedó sola para intentar dilucidar lo que estaba pasándole, lo que estaba pasándoles a los dos.

Haciendo un esfuerzo para dejar a un lado las sensaciones que no podía entender, y mucho menos asimilar, siguió obedientemente a Frederic por la villa. Los techos eran altos y abovedados y estaban hechos de la misma madera oscura y recia que había visto fuera. Las habitaciones eran amplias y no tenían ventanas propiamente dichas, sino espacios abiertos en las paredes para que el paraíso pudiera entrar. Había cómodos sofás bajos de color crema y morado, objetos polinesios en las estanterías de obra y maravillosas flores repartidas por mesas decorativas. Bajó un nivel con Frederic y volvieron a salir al exterior. Recorrieron otro camino, mucho más corto, y llegaron a un bungalow sobre un embarcadero particular. Las paredes también estaban abiertas y dejaban que la brisa entrara en la inmensa suite. Dru no podía dar crédito a todo lo que estaba viendo.

Sin embargo, solo quería derramar las lágrimas que tenía acumuladas, hasta quedarse seca, hasta que ya no pudiera sentir aquello, fuera lo que fuese: Cayo, la oscuridad, esa caricia que llevaba grabada en la piel y que la reclamaba...

Frederic, con una sonrisa, le enseñó el suelo de cristal oculto debajo de una alfombra de la sala.

—Durante el día, verá muchos peces y hasta tortugas.

—Gracias —susurró ella consiguiendo esbozar una sonrisa.

—Duerma —le aconsejó amablemente el hombre—. Se sentirá mejor cuando haya descansado.

Ella quiso creerlo. Él se marchó y todo le pareció enorme, desproporcionado. El sitio, su cabeza y, naturalmente, Cayo. Sobre todo, Cayo. Todo le parecía imposible y doloroso. Le dolía de adentro afuera. Se acercó a la abertura que había enfrente de la cama con cuatro postes y un mosquitero que colgaba del techo y miró el mar y la luz anaranjada que asomaba por detrás de la lejana montaña. Estaba amaneciendo y estaba en el paraíso con el diablo. Además, ardía por él como si ya hubiese caído. Quizá hubiese caído y por eso le había dolido tanto desde el principio.

No había ningún motivo en absoluto para que llorara en ese momento. Se secó la lágrima que le rodaba por la mejilla y todas las que la siguieron. Notó que el rostro se le arrugaba y tuvo que hacer acopio de unas reservas que no sabía que tenía para contener los sollozos que la amenazaban y que serían su fin.

No podía tirar la toalla, no podía empezar. Eran solo dos semanas, menos, ya. Tenía que ser fuerte durante un poco más de tiempo.

Pensó en Dominic mientras se tumbaba en la cama sin cambiarse la ropa que había llevado a través de varios continentes y de tantas franjas horarias que había perdido la cuenta. Le gustaría que hubiese visto ese sitio, era incluso mejor que como lo había soñado él.

Lo último en lo que pensó antes de caer en el bendito sopor fue en Cayo. En la hipnótica curva de su boca implacable. En el contacto de su mano ardiente sobre su piel gélida. En el fuego que no podía sofocar, que cada día era más abrasador y más brillante por mucho que quisiera negarlo, por mucho que intentara resistirse. Sabía que él la destruiría, siempre lo había sabido, y ese era uno de los motivos más apremiantes para abandonarlo.

Por eso no tenía ningún motivo para sonreír sobre las blancas almohadas mientras se dejaba llevar por el sueño.

# Capítulo 6

DRU se despertó con la luz de sol entrando por todos lados. Las ventanas estaban abiertas y también dejaban entrar la suave y fragante brisa. Le pareció una especie de bendición que alejaba las sombras que le quedaban de la interminable noche anterior. Se estiró sobre el mullido colchón y pensó que ya estaba bien, completamente repuesta. La caricia de Cayo, lo que dijo sobre el libertinaje, ese fuego que brotaba entre los dos... todo era parte de la oscuridad que se había disipado.

Se levantó y se vistió lentamente conforme al clima húmedo. Se puso unos amplios pantalones de lino y una camisola de tirantes. Luego se recogió el pelo en una coleta y, al mirarse en el espejo, decidió que el resultado era todo lo profesional que podía ser sin dejar de ser tropical. Se calzó unas sandalias y salió.

Parpadeó por la luz y miró alrededor. Había otro embarcadero un poco alejado de su bungalow con una serie de embarcaciones amarradas a él. Podía ver el mar en todas direcciones, desde el azul oscuro en la parte más alejada de la isla hasta el asombroso color turquesa debajo del bungalow.

Volvió a la villa y se quedó asombrada otra vez por la belleza que solo había percibido en parte la noche anterior. La madera oscura, los techos altos para aliviar el calor del día... todo ello abierto a un paraíso tropical y parte de él también. La vegetación la rodeaba por todas partes con el mar al lado. Era una sensación acogedora y agreste a la vez.

Se sintió inquieta después de tomar una tostada con té en una de las muchas terrazas que daban al mar. Cayo no solía esperar que fuese corriendo a trabajar después de un vuelo tan largo, a no ser que lo hubiese pedido explícitamente, y no creyó que tuviese que ir a buscarlo en ese instante. Además, cualquier empleado haría lo mismo, eso no tenía nada que ver con todas las sensaciones que le había despertado la noche anterior. Nada en absoluto. Paseó por el sendero de madera y bajó hasta el embarcadero, siguió tranquilamente hasta el extremo más alejado de la isla y se dio la vuelta.

Las palmeras le daban sombra y las flores de todos los colores resplandecían a ambos lados del cuidado paseo. Podía oír el canto de los pájaros y las olas que rompían en la playa. Entendía perfectamente que Dominic hubiese querido descansar allí para siempre. El sol le calentaba delicadamente el rostro y la brisa le acariciaba la piel. Se sentía serena, en paz.

Solo había necesitado dormir bien una noche.

Cuando volvió a ver la villa sobre la playa, comprobó que había toda una parte que no conocía. Tuvo que abandonar el sendero y acercase para darse cuenta de que lo que parecía una ala separada, era, en realidad, la suite de Cayo.

Las paredes abiertas de par en par le permitían pasar fácilmente y, cediendo a un impulso desconocido para ella, entró en la primera de las habitaciones. Contuvo el aliento. Era un espacio muy amplio lleno de toques masculinos, colores atrevidos y líneas rectas. Sin embargo, la enorme cama dominaba todo el espacio. Cayo había dormido allí la noche anterior o, quizá, hacía menos tiempo porque seguía deshecha, con la sábana blanca tirada por un lado y las almohadas aplastadas.

Dru sintió un calor abrasador seguido de un frío gélido, como si tuviese fiebre.

Se acercó y pasó un dedo por la almohada que encontró más cerca. Se lo imaginó desnudo y moreno sobre las sábanas inmaculadas, exhibiendo ese cuerpo perfecto e inalcanzable. Se derritió por las imágenes que se había formado en la cabeza...

Era hora de encontrar a su jefe y de concentrarse en lo que le quedaba de ese trabajo, no en su incurable locura por él ni en cómo ardía por dentro.

Miró las obras de arte y las pequeñas estatuas y tallas mientras iba hacia al pasillo y asomó la cabeza en todas las habitaciones por el camino. Había una biblioteca con una pared llena de libros, unas butacas dentro y un porche con un mullido sofá de dos plazas y dos butacas, un sitio perfecto para leer a la sombra. Había una sala con una televisión de pantalla plana en una pared, una impresionante chimenea en la otra y lo que parecía un mueble bar empotrado en un rincón. Luego estaba el despacho, lleno de ordenadores y otros aparatos, muebles modernos y funcionales y... Cayo.

Ella se quedó en la puerta y lo observó. Estaba mirando el ordenador portátil con el ceño fruncido y el móvil pegado a la oreja, como de costumbre. Tenía el pelo despeinado, como si se hubiese pasado los dedos durante horas, y no se había afeitado. Eso hacía que pareciera más moreno y sexy todavía, impredecible e irritable.

—No me ha entendido —dijo él en francés y con frialdad al móvil—. A mí me da igual si inauguramos una planta en Singapur o no, pero creo que para usted es muy importante. Es posible que quiera replantearse su táctica...

Estaba absurdamente hermoso, como si alguien lo hubiese esculpido en una piedra preciosa y lo hubiese dejado entre estatuas inferiores. Resplandecía levemente por la luz que le entraba por detrás. Tenía un aspecto terrible y grandioso, como un dios de la antigüedad, poderoso y peligroso. Si él hubiese dicho que podía variar el clima a su voluntad, ella lo habría creído. Se despertó otra vez la tormenta dentro de ella, la emoción y el anhelo...

Él levantó cabeza y la miró a los ojos. Se quedó sin respiración y dejó de engañarse con «serenidad» y «dormir bien durante una noche». Fue como si lo tuviera dentro, provocándola, abrasándola.

La miró como si la tuviera debajo y desnuda y ella no pudo evitar desearlo independientemente de lo mucho que se odiase a sí misma por su debilidad infinita.

Cayo se dejó caer contra el respaldo del asiento sin dejar de mirarla y terminó la conversación con una brusquedad que tuvo que dejar atónito al hombre que estaba al otro lado. Dejó el móvil en la mesa que tenía delante y la miró con los ojos color ámbar entrecerrados y muy penetrantes. Su piel parecía más morena por la camisa blanca que llevaba y era imposible no fijarse en sus brazos fibrosos y su pecho perfecto. Los pechos se le endurecieron debajo de la camisola, las manos se le humedecieron y sintió el conocido anhelo que se le despertaba en el vientre.

Durmiera o no durmiera, estaba condenada.

—¿Sigue dándole problemas Henri? —preguntó ella para intentar concentrarse en el trabajo.

—Sigue sin entender la cadena de mando. Creo que se ha convencido a sí mismo de que no soy el socio mayoritario.

Él contestó, pero, a juzgar por cómo lo miraba, a ella

le pareció que no estaba pensando ni en Henri ni en el proyecto de Singapur.

—Eso ya lo esperaba usted. Le parecía que su relación personal con los empleados y sus décadas de lealtad a la empresa compensaban con creces cualquier discusión sobre la autoridad que pudiera tener con él.

Ella se apoyó en el marco de la puerta y pasó un dedo por la oscura madera. La textura ligeramente rugosa hizo que sintiera más calor todavía, como si estuviera tocándolo a él.

—Efectivamente. ¿Qué le parece Bora Bora? ¿Está a la altura de sus expectativas?

Él apoyó el codo en el brazo del asiento y la barbilla en la mano mirándola de tal manera que tuvo muy claro que era uno de los hombres más poderosos del mundo y que ella era... la única persona que había intentado desafiarlo. Sin embargo, no pudo aguantar su mirada más de un segundo y no supo por qué. Se sentía... temblorosa. Era como si, efectivamente, la noche anterior la hubiese marcado con ese extraño y fugaz roce y ella no supiera cómo recuperar el equilibrio. Al menos, cuando lo tenía delante y así.

—No le entiendo —contestó ella.

—Eso no es ninguna novedad —replicó él con ironía—. ¿Qué cree que tiene que entender? Soy un hombre sencillo, en términos generales. Me gusta lo que me gusta —él esbozó una sonrisa y sus ojos dejaron escapar un destello dorado—. Quiero lo que quiero.

Ella no hizo caso del tono sugerente de su voz ni de las imágenes que le inspiraba ni de cómo la abrasaba por dentro. Bajó la mano a un costado y señaló con la cabeza hacia lo que se veía detrás de él. Era una piscina inmensa con el agua lisa como un cristal, rodeada de madera oscura y con el mar infinito de fondo. Cayo, sin embargo, no se dio la vuelta. Parecía más interesado en el ordenador, en los documentos que tenía extendidos delante de él sobre la mesa y en la televisión de la pared, sintonizada, como siempre, con las noticias económicas.

—Hace años que no viene aquí. Al menos, desde que trabajo para usted.

Ella sabía que debería acercarse a la mesa, sentarse, comportarse correctamente y hacer su trabajo, pero no podía acercarse tanto después de aquellas dos noches tan intensas.

—Creo que desde hace ocho años. Cuando se lo compré a un príncipe saudí o algo así.

Su delgado cuerpo se mantenía inmóvil, como si estuviera conteniendo toda su fuerza mientras la miraba, mientras esperaba.

Ella se mordió el labio con esa sensación temblorosa y a punto de tener otro arrebato de llanto, como si fuese imposible estar cerca de él sin que esa sensación se adueñara de ella. Tuvo miedo de estallar.

—No entiendo para qué quiere tener cosas hermosas que nunca disfruta —replicó ella en un tono que quiso que fuese natural y no... dolido. ¡Debería ser una experta en eso!—. Además, ahora que ha venido por primera vez desde hace casi diez años, se queda trabajando dentro del despacho, moviendo su dinero y su poder como si fuese una interminable partida de ajedrez. ¿Por qué reúne todas estas pequeñas partes del paraíso si no piensa disfrutarlas?

La miró fugazmente y luego volvió a mirarla. Entonces, ella captó el mismo brillo en sus ojos que había visto la noche anterior, como si hubiese llegado a una decisión. Sintió un escalofrío por la espalda. Cayo se levantó y se acercó lentamente a ella.

Ella tuvo que hacer un esfuerzo para no salir corriendo. Él se detuvo a medio metro y su boca, implacablemente sensual y peligrosa sin concesiones, esbozó una sonrisa levísima. Para ella fue como otra caricia, como el roce de su mano en la mejilla en Milán o el de su pulgar en los labios la noche anterior. La sangre la hirvió en las venas y le pareció que la piel se le tensaba por todo el cuerpo. Volvió a agarrarse al marco de la puerta, pero porque le flaqueaban las piernas y temía que no la sostuvieran.

Sin embargo, él se limitó a mirarla, a atravesarla hasta que se sintió al rojo vivo.

—Agradezco su preocupación —dijo él en ese tono aterciopelado que la estremecía y hacía que se le derritieran los huesos—. Es una pena que haya decidido abandonarme. Podríamos jugar juntos al ajedrez con mis posesiones.

—Es una idea muy tentadora —replicó ella con una ironía que no se molestó en disimular y que a él pareció divertirle—. Sin embargo, juego fatal al ajedrez.

—Me cuesta creérmelo —a ella le pareció que casi había sonreído al mirarla—. Siempre va seis movimientos por delante. Lo haría muy bien.

Ella tuvo una sensación de *déjà vu* muy extraña y entonces cayó en la cuenta; estaba hablándola como a una persona, no como a una empleada, como a otro ser humano, como a alguien que conocía. La última vez que lo hizo, la provocó así. Sonrieron, se contaron historias, hablaron de cosas de sí mismos entre pequeños platos de comida y grandes vasos de vino. Al menos, ella lo creyó. Fue aquella larga cena en Cádiz antes de dar el fatídico paseo al hotel. No podía soportar que su traicionero corazón volviera a ablandarse por él como si no supiera muy bien a dónde llevaban los momentos como ese. A ningún sitio, a un desvío de tres años de encaprichamiento y subordinación. No podía dejar que él la engatusara otra vez.

–No estoy aquí para jugar a nada. Estoy para ser su asistente personal. La otra alternativa posible era ser su perro, encadenado. ¿No fue eso lo que dijo? ¿Era eso lo que prefería?

Ella esperó que no hubiese captado el desasosiego en su voz, el conflicto entre lo que le convenía y lo que quería.

La mirada de él fue tan abrasadora que le costó mantenerla, pero no miró a otro lado. Él torció la boca y ella se acordó, demasiado tarde, de que estaba demasiado cerca con su imponente virilidad, con todo su poder cegador entre ellos. Tragó saliva y se sintió demasiado ardiente y débil a la vez.

–Si quiere ser mi animal de compañía, tiene que sentarse –gruñó él, le retó, le ordenó–. Quedarse, rendirse.

Lo peor de todo fue que ella estuvo a punto de obedecer.

–Le agradezco la oferta, pero creo que lo dejaré para otra ocasión.

Dru lo dijo en un susurro cuando pudo hablar, pero casi no oyó su voz por el estruendo de los latidos de su corazón y la tempestad que estaba formándose dentro de ella.

Debería haberse movido, pero se quedó paralizada mientras Cayo se acercaba más todavía, apoyaba una mano en el marco de la puerta por encima de su cabeza y la miraba directamente a la cara.

Ella volvió a pensar en los dioses de la antigüedad; era imponente, impredecible, implacable... Hubo algo dentro de ella que pareció quedarse muy, muy quieto. Se inclinó con los ojos oscuros y con ese cuerpo pecaminoso que desprendía toda la crueldad y autoridad que lo habían convertido en lo que era.

Peor aún, la miró como si la conociera tan bien, al menos, como ella lo conocía a él, como si pudiera interpretarla tan fácilmente como ella lo interpretaba a él. La mera idea era tan aterradora e insoportable como lo había sido antes.

—Dígame una cosa, ¿de qué se esconde? —le preguntó él en un tono más bajo todavía y con los ojos tan abrasadores que ella creyó que iba a calcinarla.

Por un instante, se quedó como si le hubiera dado un puñetazo en el estómago, pero parpadeó, se quitó esa máscara que Cayo había llegado a detestar e incluso sonrió con cierta tensión.

Eso podría haberlo irritado, pero ya había acabado con eso. Había decidido que la tendría jugara ella a lo que jugase y que haría lo que tuviese que hacer.

—De lo único que me he escondido hoy es del trabajo —contestó ella con desenfado aunque él supo que seguía disimulando—. Quizá debiéramos ponernos a ello...

—Olvídese del trabajo. Estamos en Bora Bora. El trabajo puede esperar.

Jamás había dicho algo ni remotamente parecido y prefirió no pensar en las posibles consecuencias, solo podía concentrarse en la desconcertante mujer que tenía delante y en lo mucho que la deseaba aunque sabía que había muchos motivos para que fuese una mala idea.

—¿Cómo ha dicho? —preguntó ella exageradamente espantada.

—¿Para qué quiero ser el jefe si no puedo decretar un día de vacaciones cuando me apetezca? —preguntó él intentando poner un tono más desenfadado y no consiguiéndolo a juzgar por la expresión de ella–. ¿Acaso no me propuso hace cinco minutos que disfrutara del paraíso?

–Da igual las consecuencias, ¿verdad? –preguntó ella en tono airado.

Él no pudo entender nada. No entendía lo que estaba pasándole a él y, desde luego, no podía entender que ella se pusiera tan furiosa e infeliz por todo lo que decía. No podía entender que se tirara de un barco para escapar de él, que luego lo mirara en una oscura terraza italiana con todo el mundo en sus ojos y que hablara de castigo y le hiciera sentirse mezquino tres años más tarde.

No le gustaban las incertidumbres, pero sí la pasión, el sexo, el deseo. Había construido su vida alrededor de lo que deseaba. Sabía desear y por mucho que ella afirmara que lo odiaba, por mucho que le arrojara palabras o zapatos a la cabeza, sabía que lo deseaba tanto como él la deseaba a ella. Podía verlo. Siempre lo había visto si era sincero consigo mismo. Además, estaba cansado de resistirse a lo único que tenía sentido de todo aquello.

–Las consecuencias son para los hombres inferiores.

Ya lo había decidido. Anoche, cuando se alejó de ella a pesar de que ardía en deseos de tomarla, cuando se encontró solo en la ducha y lidiando con el insoportable deseo que lo atenazaba, supo que ya no podía más. Ella iba a abandonarlo en cualquier caso. No podían complicarse mucho las cosas en el tiempo que le quedaba. ¿Por qué estaba engañándose a sí mismo? No era un hombre que se conformara sin las cosas que quería.

Ella parpadeó ante su arrogancia, pero era preferible. Él no quería la amenaza de las lágrimas ni el arrebato de genio. Tampoco quería esa careta inexpresiva que había elaborado para mantener el mundo a una distancia gélida. Quería pasión, quería volver a sentir el fuego sin importarle que quemara.

–Venga –le ordenó él, tuteándola–. Bésame.

Drusilla abrió los ojos como platos y se llevó una mano al cuello. A él le pareció sentir su pulso en su mano, no en la de ella. Quiso pasarle los labios por la piel para sentir su alteración.

–¿Cómo ha dicho? –preguntó ella con un hilo de voz.

–Me has oído perfectamente.

–No voy a besarlo.

Ella replicó con perplejidad, algo parecido al recato y los ojos grises rebosantes de ira. Sin embargo, detrás, mezclado con todo eso, percibía esa pasión tan abrasadora como la suya, que lo reclamaba, que significaba que ya la tenía, que solo era cuestión de tiempo.

–Sin embargo, me besarás, Drusilla, puedes estar segura.


Dru no supo por qué no había echado a correr.

El corazón le latía con tanta fuerza que estaba a punto de desmayarse, todo le daba vueltas por dentro, pero, aun así, se quedó mirándolo mientras la incertidumbre y el anhelo la atenazaban entre las piernas con una palpitación ardiente de deseo.

–No me llame así.

Eso fue lo único que dijo en vez de todo lo que podía haber dicho, que debería haber dicho. ¿Qué le pasaba? ¿Por qué no podía reunir la fuerza de voluntad que necesitaba para protegerse?

–Es tu nombre...

Los ojos le brillaban como si fuesen de oro. Estaba

muy cerca, muy arrogante y seguro, y cada vez le costaba más recordar por qué no debería arrojarse por ese acantilado concreto, los motivos para no lanzarse de cabeza.

—Mi madre fue la única persona que me llamó Drusilla y hace unos diez años que no la veo.

Ella se lo contó como si no estuviera en esa puerta desgarrada por la tensión mientras el cuerpo le pedía cosas que temía analizar con demasiado detenimiento... y mucho más hacer... o no hacer. No sabía qué le daba más miedo.

—Entonces, Dru.

Su nombre, dicho por él, le supo a miel y encendió llamas en sitios que casi no sabía que existían. Fue como si se abriera un candado, pero sabía que no podía dejarse llevar por eso, que no podía confiar en sí misma cuando estaba cerca de él.

—Además, creo que, después de todo, quieres estar encadenada a mí, ¿no?

La intención sensual de la pregunta era innegable, como su mirada elocuente y el efecto que tenía en ella.

Todo desapareció, solo quedó él, Cayo, la deliciosa tensión que los rodeaba, que la dejaba sin respiración, que hacía que los ojos de él resplandecieran. Estaban separados por algo menos de un metro y solo podía fijarse en su boca, en cómo la miraba con certeza viril y conocimiento carnal.

Debería haber dicho algo, cualquier cosa. Cuando se limitó a mirarlo intentando respirar, a él se le nubló la mirada con un deseo que ella temía conocer demasiado bien.

—Entonces, ven, sígueme.

Fue otra orden que debería haberla enfurecido. Él hizo un gesto sarcástico con la boca, un gesto insoportablemente sexy, y arqueó las cejas como si la desafiara. Las palabras la abrasaron como un hierro candente y la alteraron. Entonces supo, como una revelación cegadora, que aquello solo podía acabar de una manera. ¿Acaso no lo conocía? Cayo no se concentraba mucho tiempo en las mujeres con las que se acostaba. Si quería abandonarlo de verdad, si quería librarse de verdad de él, esa era la forma de conseguirlo, no podía echarse atrás, le costara lo que le costase.

–¿Y bien? –insistió él con delicadeza y tentándola.

Ella tragó saliva y le aguantó la mirada un buen rato sabiendo que si cruzaba esa línea, nunca podría retroceder, que no sabía lo que podría significar dejarse arrastrar a ese infierno. Había pasado tres años reponiéndose de un beso y no podía imaginarse lo que acarrearía aquello.

Sin embargo, le daba igual en ese momento. Él la miraba con una certeza en los ojos, una absoluta confianza masculina y una tentación carnal tan descarada que sabía que no podía resistirse cuando llevaba tanto tiempo imaginándosela, fantaseando con ella, anhelándola con todo su cuerpo y su alma.

¿Qué más le daba cómo tenerlo si lo tenía? No pudo discrepar. Había perdido la fuerza para luchar en algún lugar del Océano Pacífico, pero no tenía por qué perderse ella también. No se perdería, eso era una estrategia, no una entrega.

Se acercó a él y vio que sus fascinantes ojos ardían con más intensidad a medida que se acercaba. Apoyó las manos en su pecho y sintió su calor y su imponente fuerza. No había vuelta atrás, ni salida tampoco si no pasaba por ahí. Además, la verdad era que lo deseaba, que siempre lo había deseado. Así, podría conseguirlo todo, podría conseguir a Cayo como había soñado desde Cádiz y podría conseguir la libertad al cabo de poco más de una semana. Era una victoria en todos los sentidos.

Lo era, se repitió mirándolo a los ojos. Lo era, pero solo sentía la llama que la abrasaba, que hacía que todo aquello que se decía a sí misma, que todo aquello a lo que se aferraba solo fueran meras cenizas.

—Por favor, no me digas que piensas hacerlo todo a cámara lenta. Me parece mucho más divertido en las películas que en la vida real —le dijo Cayo con un gesto en la boca que le indició que estaba provocándola otra vez.

—Por el amor de Dios, cállate —se rindió, tuteándolo.

Dru dejó de ser su asistente personal, no podía serlo cuando estaban cambiando todo a peor, con toda certeza, y ella ni siquiera podía fingir que le importara tanto como debería.

Se puso de puntillas, se estrechó contra él y se condenó para siempre besándolo en la boca.

# Capítulo 7

ELLA tenía el sabor que recordaba. Mejor aún, muy ardiente...suya.

La abrazó, la estrechó contra sí, dentro de él, porque necesitaba sentir sus pechos, la delicadeza de su vientre contra su erección, la curva de sus caderas... La besó una y otra vez deleitándose con la intensidad abrumadora.

Ella lo correspondió. Le rodeó el cuello con los brazos, su boca lo besó con el mismo apremio, la misma exigencia. Creyó que ella había dicho su nombre, pero no creía que él pudiera hablar, y si lo hacía, no sabía en qué idioma hablaría o si diría un disparate. Le daba igual.

Era embriagadora y por fin podía dejarse llevar por ella como deseaba.

Por fin, introdujo las manos entre su pelo y gozó con su suavidad y su leve olor a vainilla. Le quitó la cinta que lo sujetaba y le cayó como una cascada alrededor de los hombros. Ladeó un poco la cabeza para besarla mejor y tomar por fin lo que quería.

Le acarició la sensual curva de la espalda, bajó las manos a su trasero ligeramente respingón y los dos gimieron cuando la movió contra el abultamiento de su erección. Eso no bastaba, no era más que el principio. Siguió y siguió hasta que ella jadeó su nombre con la respiración entrecortada y él tuvo que contenerse para no tomarla allí mismo, en el pasillo, porque no tenía intención de ir tan deprisa con esa mujer, con Dru.

Tenía la sensación de que había esperado toda una vida a eso, a ella.

Le besó fugazmente las pecas que ya le habían salido en la nariz, luego, pasó a los pómulos, las sedosas mejillas y la obstinada mandíbula. Olía a coco y a flores y sabía a algo parecido a la magia. Dejó escapar un sonido parecido a un ronroneo que casi lo desarboló. Era suya, pensó con un arrebato de posesión triunfal, toda suya.

Le tomó la mano y se maravilló de lo delicada que era. La llevó por el pasillo iluminado por la luz dorada del atardecer que entraba por las habitaciones y no pudo negarse la sensación de victoria que sintió cuando lo siguió con los ojos velados por el deseo, como la mujer dócil y obediente que había fingido ser durante tantos años sin serlo. Era la rendición de una mujer fuerte, pensó él con satisfacción masculina, y eso era mucho más emocionante que la de una débil. Pensaba recrearse con ella.

Una vez en el dormitorio, volvió a estrecharla entre los brazos y volvió a besarla en la boca mientras la llevaba hacia la cama. Ella, cuando se topó con la cama, se soltó y lo miró con la respiración acelerada, con sus impenetrables ojos grises velados por el deseo y con su precioso rostro sonrojado.

Era suya.

Cayo no dijo nada. No se resistió a ese impulso posesivo ni lo intentó. Hasta ese momento, nada de lo relativo a Dru había tenido sentido, nada desde aquella mañana lluviosa en Londres cuando ella cambió todo lo que él había dado por supuesto. ¿Por qué iba a tener sentido eso? Le quitó la camisola por encima de la cabeza, le levantó la melena oscura al hacerlo, y sonrió cuando vio el sujetador azul cobalto y los redondeados pechos que había vislumbrado a través de la blusa mojada.

—Perfecto.

Se inclinó para tomarle un pezón con la boca y se lo succionó con la delicada tela. Ella contuvo el aliento y él hizo lo mismo con el otro hasta que ella echó la cabeza hacia atrás con los ojos cerrados. Le desabrochó el sujetador, se lo quitó y le lamió uno de los pezones.

Dru perdió el dominio de sí misma.

Cayo se dejó llevar por la pasión de ella, por su delicadeza y sus maravillosos gemidos. Le quitó los pantalones de las largas y esbeltas piernas y la otra prenda de seda y encaje. Él también se quitó la ropa todo lo deprisa que pudo porque no podía soportar la idea de estar un segundo sin tocarla. Aun así, le pareció que había pasado una eternidad hasta que estuvo desnudo y ella estuvo tumbada en su cama como había querido que estuviera desde hacía más tiempo del que había podido imaginarse. Ese deseo de tomarla una y otra vez hasta que estuvieran saciados no era ninguna novedad, le pareció antiguo y complicado, como si hubiese estado ocultándoselo a sí mismo. Sin embargo, ya no se lo ocultaba. Se tumbó al lado de ella apoyado en un brazo y sintió una satisfacción incontenible al ver que tenía los pezones duros y la piel sonrosada.

Era suya.

Ella se dio la vuelta como si fuese a empezar a acariciarlo, pero él la tumbó otra vez.

—Pero quiero...

—Quieta.

Él le acarició un pecho, le tomó el pezón entre el pulgar y el índice y ella se arqueó con un gemido.

Se inclinó para sustituir los dedos por los labios y ella se retorció mientras se introducía el pezón en la boca y le tomaba el otro pecho con una mano. Entonces, fue bajando los labios hasta el abdomen y le lamió el ombligo y la curva de las caderas. Comprobó que tenía lunares en el costado izquierdo y que no podía mantener quietas las caderas, sobre todo, cuando le tomó el perfecto y aterciopelado trasero entre las manos.

En ese momento, le separó los muslos y fue bajando más los labios.

—Cayo... —susurró ella con una pasión y un deseo tales que le dolió la erección.

—Quieta.

Se abrió paso con la lengua en el centro de su feminidad y se deleitó con el sabor ardiente de su deseo.

Ella volvió a arquearse y levantó las caderas mientras él la hacía suya inequívocamente. Entonces, explotó jadeando su nombre como si estuviera precipitándose por el límite del universo... y no fue suficiente ni mucho menos.

Se incorporó, se sentó y la colocó a horcajadas sobre él. Quería verla, quería verlo todo.

—Cayo... —susurró ella abriendo los ojos para mirarlo mientras la estrechaba contra su miembro.

Estaba húmeda y ardiente. Le tomó el trasero entre las manos, la levantó y vio cómo se estremecía cuando fue entrando lentamente en ella. Los ojos grises se le oscurecieron otra vez, se mordió el perfecto labio inferior, levantó los brazos y lo abrazó para estrechar los pechos contra él.

—Entrégate... —susurró él mientras terminaba de entrar.

Solo encontró un fuego perfecto que lo recibió, que se adueñó de él, que abrasó todo lo que pensaba, todo lo que sabía, hasta que no hubo nada aparte de Dru, que estaba entregada y moldeada a él. Empezó a cimbrearse y él dejó escapar un gruñido al borde del límite.

La agarró de las caderas para marcar un ritmo pausado que los torturaba, que hacía que él apretara los dientes y ella bajara la cabeza hasta su cuello entre jadeos de placer. La movió arriba y abajo una y otra vez. Quería que no acabara nunca, quería permanecer así toda la vida, quería estar tan dentro de ella que no supiera quién era quién.

Dru levantó la cabeza y lo miró a los ojos. Él notó su aliento en la cara. Lo rodeaba firmemente con las piernas, pero no dejó de moverse para que el fuego no se extinguiera, para que ella jadeara con más fuerza todavía, para ver que esos ojos grises resplandecían con la misma pasión incomparable que lo dominaba, que hacía que solo quisiera abrasarse en ese fuego sin parar hasta que no quedara nada de él.

Era Dru, pensó sin poder dejar de mirarla, de acariciarla y de sentirla. Era Dru y era suya.

Entonces entendió que no estaba dispuesto a dejar que se marchara nunca, independientemente de lo que quisiera decir eso.

Ella cerró los ojos, echó la cabeza hacia atrás y arqueó la espalda hacia el sol del atardecer que entraba por la ventana que tenía detrás y teñía su cuerpo de tonos naranjas y dorados como si fuese una diosa pagana... y completamente suya.

Dru volvió a estremecerse sin control entre sus brazos y cuando gritó su nombre, él la siguió por fin.


Dru estaba tumbada junto a él en la enorme cama y miró el sol que se derretía en la línea del horizonte.

No podía pensar nada coherente. Solo sentía un zumbido en las piernas y debajo de la piel, como si algún cable de alto voltaje siguiera lanzando chispas. Notó el poderoso hombro de Cayo debajo de la mejilla, notó el calor de su piel y el pecho que subía y bajaba. No pensaba, no sabía si quería pensar, y, en cambio, miró el cielo.

Cayo se agitó al lado de ella cuando el sol desapareció como si eso lo excitara. La miró con los ojos velados e indescifrables otra vez en la penumbra.

Alargó una mano y acercó su cara a la de él. Por un instante, se limitó a mirarla y ella sintió una gran inmovilidad dentro de sí, como si estuviera esperando algo, como si estuviera al borde de otro precipicio.

Una vocecilla le dijo que el tiempo ya estaba pasando, que él ya se había marchado.

Sin embargo, como si la hubiese oído, la besó lenta, delicada y adictivamente. Entonces, el fuego revivió como si no pudiera sofocarse, como si aquello nunca pudiese ser suficiente. Había sido una necia. Lo comprendió cuando él le inclinó la cara para poder besarla mejor. Debería haber sabido que no podría dominar aquello. Lo dejaría, como había pensado, pero lo añoraría y quizá nunca dejara de hacerlo. Se había metido ella sola en eso y después solo le quedarían las lamentaciones y ser una solterona rechazada y patética. Aun así, lo besó sin poder evitarlo, sin poder parar lo que había empezado, lo que ya había hecho.

Era mejor no preocuparse innecesariamente. Pasaría hiciera ella lo que hiciera, le dolería y quizá lo hubiese sabido siempre.

Él se incorporó y se colocó entre las piernas de ella. Dru dejó de pensar en un futuro que en ese momento le parecía muy lejano, demasiado lejano como para que le preocupara. Él se apoyó en las manos y la miró como esos ojos demasiado penetrantes.

—Dru —dijo él como si paladeara su nombre.

—Cayo —replicó ella en el mismo tono.

Se sentía muy vulnerable, no sabía qué veía cuando la miraba así, no sabía cómo evitar que lo viera todo, sus esperanzas, sus temores, sus terrores... no sabía cómo evitarlo cuando se había entregado tan completamente para estar así con él.

Sin embargo, él giró las caderas y entró en ella fácil y ardientemente.

A ella dejó de preocuparle lo que él viera y supiera. Se concentró en la perfección de ese baile ancestral, como si estuviera hecha para adaptarse así a él.

Él se movía lenta e hipnóticamente, como si esa vez no quisiera prender el fuego entre ellos, sino que brotara por sí solo. Ella siguió su ritmo cadencioso, levantó las caderas y se deleitó con el acoplamiento perfecto, con esa forma de moverse juntos lenta, fluida y devastadoramente. Era lo único que le importaba.

Esa vez, podía acariciar la belleza de su torso delgado y terso. Recorrió sus fuertes pectorales con las manos y las bajó al irresistible abdomen, a la delicada piel que cubría el acero, a la imponente belleza masculina como ninguna otra, orgullosa, bárbara, exigente... Se incorporó para besarle el pecho, para paladear su calidez, su fuerza incomparable.

Entonces, el ritmo cambió y el fuego ardió con más intensidad. Los hombros de Cayo la separaban del mundo y se olvidó de todo lo que no fuese eso, lo que no fuese él, lo que no fuese la incontinencia que se apoderaba de ella y la desgarraba por dentro.

Él se dejó caer y la abrazó. A ella le encantó sentir ese peso que hacía que se sintiera pequeña y venerada a la vez. Podía sentir su aliento en la oreja y empezó a murmurar palabras en español que ella no entendía mientras arremetía una y otra vez. Le rodeó las caderas con las piernas, se aferró a él completamente entregada. Cuando él introdujo una mano entre los dos para acariciarle en el centro de su deseo, volvió a estallar en mil pedazos.

Él siguió hasta que gritó el nombre de ella y se estremeció con la cabeza entre su cuello y su hombro. Aunque estaba deshecha en tantos pedazos que no podía contarlos, aunque seguía cayendo desde una altura inconmensurable, supo que nada volvería a ser igual, sobre todo, ella.

A Dru no le sorprendió mucho comprobar que disfrutar del paraíso para Cayo significaba trabajar entre seis y ocho horas al día en vez del doble.

—Debe de ser un sacrificio enorme que te entregues tan placenteramente a lo que es una jornada laboral de una persona normal.

Ella lo murmuró hacia el final de una tarde mientras tecleaba el ordenador para anotar lo que estaba dictándole en vez de acariciarlo a él, aunque tampoco se lo había pedido...

Cayo la miró con unos ojos tan ardientes como burlones. Como, según él, estaba de vacaciones, llevaba una camisa blanca desabotonada que le permitía ver su impresionante físico y su piel morena. Se alegró de poder escribir mientras lo miraba. Habría sido la viva imagen de la indolencia si no hubiese estado en su despacho redactando un listado de órdenes para que las obedecieran todos los directores generales que tenía repartidos por el mundo en cuanto ella se las mandara.

–Puedes distraerme cuando quieras...

Ella abrió la boca para quejarse enérgicamente, pero volvió a cerrarla. ¿Qué podía perder?

La empresa de Cayo seguiría su avance imparable cuando esos extraños días hubiesen pasado y ella se hubiese marchado. Sin embargo, no volvería a tener la oportunidad de tenerlo así. Volvió a tener la sensación, como la había tenido muchas veces desde que llegó allí, de que estaba acumulando esos momentos apasionados, abrasadores, para cuando estuviera sola, cuando estuviera libre, cuando solo pudiera agarrarse a los recuerdos.

–Si se empeña, señor Vila...

Ella se bajó de la butaca sonriendo levemente al ver que el implacable rostro de él se ponía en tensión por el deseo. Lentamente, sin dejar de mirarlo, se puso a gatas entre sus piernas.

–¿Es una forma nueva de tomar el dictado, señorita Bennett? –preguntó él en un tono burlón.

Ella, sin embargo, también captó el tono ligeramente ronco que indicaba el fuego que lo dominaba por dentro y sonrió mientras le acariciaba los poderosos muslos y el terso abdomen. Él cerró las piernas y la atrapó donde ella quería estar.

–Soy una entusiasta...

Introdujo la mano en sus finos pantalones, sacó su miembro turgente y se lo metió en la boca.

Él dejó escapar un gemido y ella lo veneró, paladeó su aterciopelada virilidad y lo amó con la boca, con la lengua, con las manos y con los labios hasta que lo llevó a una incontenible explosión mientras la agarraba de la cabeza con las manos entre el pelo.

Esos eran los momentos que estaba acumulando, se dijo a sí misma mientras él la levantaba, la sentaba en su regazo y la besaba con voracidad y con el corazón desbocado. Esos eran los momentos que le permitían engañarse y fingir que era suyo.

Cayeron en una especie de pauta a medida que los días pasaban.

Cayo seguía siendo el jefe, a pesar de los cambios radicales en su relación, y ella no lo discutía.

Lo que habría sido insostenible si ella no hubiese decidido abandonarlo, se había convertido más en una diversión cuando ya no se jugaba la carrera profesional sino solo su corazón. Por eso le gustaba seguir cumpliendo sus obligaciones con algunos cambios superficiales.

—No te hagas eso con el pelo.

Cayo se lo dijo una mañana mientras ella salía de la enorme ducha de cristal de la suite principal. Él estaba en la puerta que daba al dormitorio y la miraba con un brillo abrasador en los ojos mientras ella se envolvía con una toalla. Llevaba los pantalones de lino que le gustaba ponerse cuando hacía calor, pero no llevaba camisa y la musculosa perfección de su torso hizo que volviera a excitarse.

Se había despertado al amanecer y se habían dado un baño en las tranquilas aguas de la ensenada. Él la había levantado, le había apartado la parte de abajo del biquini y había entrado en ella sin salir de la transparente y cálida agua mientras el sol empezaba a asomar por la nítida línea del horizonte.

Ella seguía temblando ligeramente...

—¿Qué no quieres que me haga con el pelo?

No podía ser sano desear algo así. Se había imaginado que acostarse con él sería un mero acto, el final del anhelo y el encaprichamiento. Sin embargo, lo había empeorado todo.

–Ese recogido –contestó él señalando a la parte de atrás de su cabeza–. Me gusta que te caiga sobre los hombros, me gusta introducir las manos en él.

Entonces, su rostro reflejó algo extraño que ella habría llamado vulnerabilidad si no hubiese sido Cayo. Luego, se dio la vuelta y se marchó dejándola sola para que hiciera lo que quisiera.

Ella se puso el vestido vaporoso azul y amarillo que había adoptado como uniforme y se pasó los dedos entre el pelo para que le cayera sobre los hombros. Se miró en el inmenso espejo que ocupaba toda la pared y casi no se reconoció. La piel le resplandecía por el sol y le habían salido pecas. Tenía los ojos brillantes, la boca tersa y el pelo oscuro y todavía mojado le daba un aspecto sensual y exuberante. Estaba a años luz de la imagen de Dru Bennett que había cultivado tan orgullosamente durante cinco años en el Grupo Vila: impecable, discretamente a la moda y, sobre todo, profesional.

Podía engañarse y decirse que era una persona distinta por la isla, pero sabía que era por Cayo.

Solo tenía que recordar que era algo provisional.

Nunca volvería a vestir así cuando estuviera en Londres, tampoco volvería a interrumpir un dictado como lo hizo el otro día ni volvería a llevar el pelo así porque se lo exigiera un hombre. Tampoco volvería a acostarse con su jefe por mucho que lo deseara y luego seguiría trabajando con él. Sin embargo, estaba en Bora Bora y lo que hiciera allí no contaba.

Solo eran unos días, se recordó mientras iba al despacho, y cuando volviera a su casa, sería como si no hubiera pasado nada. Intentó convencerse de que el nudo que tenía en el estómago era de alegría, de que todo eso lo hacía por alegría, de que allí vivía el momento porque era tan distinta a sí misma. Al fin y al cabo, tenía toda una vida por delante para lamentarse y no tenía sentido empezar tan pronto.

Sin embargo, era como si Cayo supiera que ella le ocultaba algo... o quizá él también notara que todo eso era algo provisional. Algunas veces, cuando la deseaba, la arrinconaba contra la pared más cercana y entraba en ella con una expresión bárbara, como si él también viera el doloroso porvenir que se avecinaba También la despertaba en mitad de la noche para acariciarla, paladearla y conseguir que llegara más allá del límite, como si quisiera demostrar que podía hacerlo, como si quisiera cerciorarse de que todo era real.

Una tarde, después de que hubieran terminado de trabajar, la encontró en el porche de la biblioteca. Se quedó un buen rato mirándola desde la puerta hasta que ella dejó la novela policíaca que estaba leyendo y le prestó toda su atención.

–¿Quieres algo? –preguntó ella con una sonrisa dispuesta a hacer lo que le pidiera.

–No sé cómo lo haces.

Él contestó en un tono grave y sombrío que le produjo escalofríos en la nuca.

–El qué, ¿leer?

Él no hizo caso a la pregunta y se pasó una mano por el mentón, que solo se afeitaba de vez en cuando, y pareció un pirata que la miraba con descaro y amenazadoramente. Sin embargo, sus ojos no reflejaban la misma sensación.

–Tus palabras, tus sonrisas... Hasta en mi cama. Tienes miles de sitios para ocultarte, ¿verdad? Además, lo haces.

El corazón se le desbocó y oyó una especie de campanada, como si las alarmas se hubieran disparado, pero sabía que eso no era verdad, que solo eran las olas que rompían en la orilla, los pájaros que cantaban en los árboles y el viento que agitaba las campanillas de la terraza.

–No sé qué quieres decir.

–Lo sabes...

No parecía enfadado ni alterado. Ella habría podido lidiar tranquilamente con cualquiera de las dos cosas. Parecía... casi resignado. Toda su perspicacia estaba clavada en ella y cada vez era más sombría. Empezaba a sentir miedo otra vez, pánico, de lo que él pudiera ver.

–No me oculto –ella se levantó y extendió los brazos para demostrárselo–. Estoy aquí.

Él sonrió y, como de costumbre, la dejó sin respiración porque todo estaba teñido de arrepentimiento y deseo y ella no quería saber por qué.

–¿Eres tú, Dru? ¿Eres realmente tú?

Sin embargo, se acercó como si no pudiera resistirse a ella y la abrazó. Dru no dijo nada y lo besó con toda su alma, con todo lo que podía darle.

Él tampoco dijo nada.

Hizo que se arrodillara cn el pequeño sofá y la tomó por detrás, con las manos en sus caderas y el pecho pegado a su espalda mientras arremetía dentro de ella hasta que jadeó su nombre con el resplandeciente mar de testigo.

Cuando él bajó la cabeza hasta su cuello rendido por el arrebato de pasión, ella murmuró palabras tranquilizadoras y se dijo que era otra victoria, otro recuerdo que podía almacenar.

# Capítulo 8

U NA noche, se sentaron en uno de los patios rodeados de velas y bajo el asombroso cielo estrellado. Dru se dejó caer contra el respaldo y miró las estrellas dándose cuenta de que el tiempo pasaba incluso en momentos como ese, cuando se sentía al margen del tiempo.

No podía olvidarse de que era algo provisional, no podía fingir que iba a durar para siempre.

Cayo, enfrente, estaba terminando de hablar con el director financiero de una de sus empresas de Nueva York. Frunció el ceño y miró el mar mientras hablaba con una impaciencia cada vez mayor. Dru dio un sorbo de vino y lo miró para grabarse su rostro en la memoria, para cerciorarse de que tenía suficientes recuerdos. El plano de su nariz, el mentón granítico... Su jefe se había convertido en su amante y ya era inevitable, como si siempre se hubiesen dirigido hacia eso, como si los tres años transcurridos entre Cádiz y ese momento hubiesen sido parte de un plan superior.

Como ella siempre había planeado abandonarlo... antes o después, siempre que no se olvidase de sus planes, de sus promesas.

Aquello era una victoria, acabaría volviendo victoriosa a su casa y haría exactamente lo que había planeado hacía dos semanas. Sin embargo, no acababa de creerse a su coro de animadores.

Un empleado llevó unos platos con tartar de atún y probó un poco. Suspiró de placer por el sabor tan extraordinariamente fresco, dio un sorbo de vino y, sin hacer caso de su mirada sombría y pensativa, sonrió cuando Cayo dejó de hablar por teléfono.

—Es maravilloso. Deberías probar un poco.

—¿Estás trabajando esta noche, Dru? —le preguntó él en un tono gélido que la atravesó como, evidentemente, quería hacer—. Creía que habíamos acordado que la jornada había terminado a las cinco y media. Cuando quiera que representes tu papel de asistente perfecta capaz de charlar de cualquier cosa en cualquier momento, te lo diré.

—No lo pruebes, mejor para mí —replicó ella sin alterarse.

Él esbozó una mueca con la boca demasiado dura para ser una sonrisa.

Les llevaron más platos. Pez loro relleno de cangrejo, curry de coco con pescado, gambas y vieiras a la parrilla y un sushi artísticamente preparado. La mesa estaba preciosa con tantos colores y la comida parecía casi demasiado bonita para comérsela, casi.

—Cuéntame algo de ti —dijo él cuando los platos estuvieron llenos y llevaban un rato en silencio—. Algo que no sepa —él sacudió la cabeza con impaciencia cuando ella abrió la boca—. No me refiero a algo que ya salga en tu currículo, a algo que repites de memoria y que ya sé que es fantástico o no te habría contratado.

Dru dejó el tenedor y lo miró un momento mientras volvía a sentir la misma alarma por dentro. ¿Por qué quería saber «algo» de ella? Tenía que cambiar de conversación. Él ya tenía bastantes armas contra ella, ¿por qué iba a aumentar su arsenal?

—¿Qué quieres saber? —preguntó ella con cautela.

Luego, tomó la copa de vino y se la llevó a los labios, pero decidió que ya se sentía demasiado alterada, que era preferible que no empeorara las cosas con el alcohol.

–¿Acaso vamos a comentar nuestras listas de antiguos amantes? La mía es más corta que la tuya, evidentemente.

Sus ojos color ámbar dejaron escapar un destello como si se hubiera dado cuenta del intento de desviar la conversación hacia él y hacia la que era una lista casi interminable, pero no se tragó al anzuelo. Se limitó a sonreír levemente y a clavar una gamba con el tenedor.

–Tú presenciaste personalmente el innoble final de mi familia. Nunca hablas de la tuya y doy por supuesto que no saliste ya crecida de una tienda de material para oficina blandiendo un traje gris de esos como un arma.

Cayo lo dijo en una voz tan baja como penetrante era su mirada. Algo se estremeció en ella que hizo que lo anhelara de otra manera.

Se aclaró la garganta y se reconoció que estaba intentando ganar tiempo. Hubo un tiempo en el que le habría encantado que él se interesara por ella, de cualquier manera, pero no en ese momento, cuando sabía lo mucho que iba a costarle abandonarlo. ¿Qué pasaría si él supiera todo de ella? ¿Cómo sobreviviría a su pérdida?

–¿Has intentado tener alguna conversación personal durante todos estos años y no me he enterado? –preguntó ella en un tono desenfadado.

Él inclinó la cabeza como si le diera la razón, pero siguió esperando. La pregunta no había hecho que pensara en otra cosa. Dru dejó la copa de vino en la mesa de cristal. Se sentía nerviosa y a la defensiva.

–Vivíamos en Shropshire, en un pueblo a las afueras de Shrewsbury, hasta que mi padre murió. Dominic y yo teníamos cinco años –él frunció el ceño y ella asintió con la cabeza–. Sí, éramos gemelos. Después, viajamos mucho. Al final, fue un alivio ir a la universidad y quedarme en un sitio durante unos años.

–¿Por qué fuisteis de un lado a otro? –preguntó él.

Si no hubiese sabido que era imposible, habría pensado que estaba fascinado, que quería sinceramente saber la verdad. Quizá por eso se la contó, porque, pese a todo, quería creer que él podía quererlo.

–Mi madre tuvo muchos novios. Algunos fueron padrastros.

Fue asombroso lo fácil que le resultó despojar a todos esos años sombríos y complicados de las lágrimas y los miedos y resumirlos en dos frases que decían bastante poco.

Sin embargo, no pensaba decirle nada más. Aunque cuando se atrevió a mirarlo otra vez a los ojos, él también estaba mirándola, como siempre, con unos ojos pensativos, oscuros y penetrantes en su cara de guerrero, como si ella fuese un rompecabezas que quería resolver y que iba a resolver.

–Supongo que podría decirse que mi madre también volvió a casarse –comentó él con ironía.

Era un sentido de humor negro que ella nunca se había imaginado que tenía o que solo vislumbró aquella noche en Cádiz. Se lo perdería...

–Sin embargo, como ahora está casada con Cristo, no podemos quejarnos –añadió él.

Dru no pudo evitar sonreír y a él se le suavizó la mirada. Entonces, Dru supo que le contaría cosas que nunca había insinuado siquiera a nadie. Iba a contárselas porque todavía quería que la conociera aunque estuviese en una situación provisional, aunque temiera de verdad que eso le diese mucho poder sobre ella. Quería imaginarse que se acordaría de ella cuando estuviera con su próxima asistente o en unos de sus yates con otra supermodelo rubia. Quería que ella le importara cuando se acordara, si se acordaba, y para conseguirlo tenía que contarle cosas que nadie más sabía.

–Siempre eran violentos con mi madre y, cada vez más, con Dominic. A mí se me daba muy bien pasar desapercibida.

Le sorprendió lo poco que le tembló la voz y lo fácil que era mirarlo a los ojos y olvidarse de todo lo que había pasado, lo segura que se encontraba con él si no apartaba la mirada, como si haciendo eso tan sencillo compartiera el peso de todo.

–Te creo –reconoció él–. Todavía se te da muy bien.

–Pero crecí y empezaron a fijarse más en mí –Dru tragó saliva y sacudió la cabeza ligeramente como si quisiera quitarse de encima los recuerdos–. Hubo uno llamado Harold que fue el peor. Siempre intentaba quedarse a solas conmigo y siempre ponía las manos donde no debía. Sin embargo, cuando se lo conté a mi madre, me dio una bofetada y me llamó furcia mentirosa. Me marché en cuanto pude y no he vuelto a verla desde que tenía diecinueve años.

Estaba cautivada por la mirada de él, como si así la respaldara completamente. Se encogió de hombros, casi como si ese recuerdo no le doliera, casi como si fuese tan fuerte que no le había afectado. En realidad, nunca había dicho eso en voz alta, al menos, de esa manera.

Solo lo había hablado con Dominic y siempre habían eludido hablar de los detalles de lo que había pasado y de sus consecuencias. No se lo contó a sus compañeros de universidad ni a los pocos novios que tuvo cuando todavía tenía tiempo para hacer vida social. Le parecía demasiado íntimo y bochornoso. Además, todos querían reírse y divertirse, no escarbar en los espantos de su infancia. Precisamente por eso disfrutó con ellos, porque no eran dados a sincerarse y contar sus vidas. Eso significaba que la suya también estaba a salvo.

Sin embargo, miró hacia otro lado, tomó la copa de vino y dio un sorbo sin importarle lo que pudiera hacerle. Sería mejor que lo que estaba haciéndole él solo con escucharla, haciendo que se sintiera a salvo cuando eso era imposible y ella lo sabía mejor que la mayoría.

–¿Y tu hermano? –preguntó Cayo al cabo de un momento–. ¿Tampoco te tratas con él?

Fue como una patada en el estómago, como una agresión, y su primera reacción fue de furia incontenible, pero enseguida se dio cuenta de que, si era sincera, el espantoso y ancestral remordimiento que sentía por todo lo relativo a Dominic era una parte esencial.

–No mucho, gracias. Está muerto –contestó ella secamente y sin importarle si era injusta.

Entonces, se odió tanto y tan completamente a sí misma que se sintió enferma. Volvió a dejar la copa de vino en la mesa y se rodeó el abdomen con los brazos y con la certeza de que necesitaba ayuda para no desmoronarse.

Cayo no apartó la mirada, como si ella no le hubiera contestado de mala manera y sin motivo. Se limitó a quedarse quieto, muy cerca, al otro lado de la mesa, y observándola.

–Lo siento... –empezó a decir al cabo de un rato con la voz serena.

–No –lo interrumpió ella–. Yo lo siento. No debería haberlo dicho así. ¿Por qué ibas a saberlo? Es que ha sido hace poco tiempo y todavía no sé cómo hablar de ello, de él.

–¿Poco tiempo? –Cayo frunció el ceño con una expresión de perplejidad que ella nunca le había visto–. ¿Cuánto es poco tiempo? No recuerdo que te tomaras ni un día libre...

No hizo falta que él dijera «en cinco años». Se sobreentendía.

–¿Un día libre? –repitió ella dejando escapar un sonido que fue como una risa sarcástica–. No se puede decir que dejes mucho tiempo libre, Cayo. Ni siquiera puedo imaginarme habértelo pedido. Mira cómo has reaccionado a mi dimisión.

Un músculo se contrajo en su mandíbula y delató su enojo. Sus ojos se velaron con algo que pareció dolor. Parecía sombrío y atormentado, como aquella noche en Milán. Ella quiso acariciarlo, consolarlo. Volvió a arrepentirse de haber dicho lo que había dicho, pero ya no podía echarse atrás.

–Efectivamente –reconoció él al cabo de un rato con la voz ronca–. Soy un monstruo desalmado que no te habría dejado ir al entierro de tu hermano por despecho.

A ella se le encogió el corazón y negó con la cabeza.

–No quería decir eso.

–Al fin y al cabo, ¿qué sé yo de la familia? –preguntó él en un tono amargo y sombrío que hizo que ella quisiera protegerlo de lo que hacía que se sintiera así–. Eres la única persona en el mundo que sabe el poco cariño que me tenía mi propio abuelo. Tú lo oíste. También eres la única persona en el mundo que ha mantenido algo parecido a una relación personal conmigo a lo largo del tiempo –él sonrió de una forma dolorosa–. Sabes lo poco indicado que soy para hablar de la familia.

Ella se sintió fatal, tan mal que no pudo soportarlo.

–No seas idiota –replicó ella casi enojada.

Él se quedó atónito, con los ojos como platos.

–He dicho que no creía que fueses a darme tiempo libre. Eres un jefe exigente, Cayo. Exiges que todo el mundo esté disponible en cualquier momento. Tenía motivos para pensar que si te dijera siquiera que tenía una vida personal, recibirías la noticia con espanto.

–No tienes ni idea de lo que habría hecho –replicó él con tensión.

–Sé perfectamente lo que habrías hecho. Me pagas para eso. Si no recuerdo mal, por eso me has ofrecido triplicarme el sueldo y la isla privada que quisiera.

Él se quedó mirándola un buen rato y, a pesar de lo que acababa de decir, Dru no tuvo ni idea de cómo iba a reaccionar.

Entonces, como si quisiera demostrarle lo poco que sabía de él, Cayo echó la cabeza hacia atrás y se rio.

Ella no había podido imaginarse que él pudiera reírse. Era un sonido contagioso. La alegría le alteró el despiadado rostro, la risa lo iluminó, lo cambió, la cambió a ella...

La verdad fue como un puñetazo que la dejó sin respiración. Vio la verdad con tanta crudeza que casi le dolió.

Estaba enamorada de él.

Además, evidentemente, lo había estado desde hacía mucho tiempo. Una vez más, se había engañado a sí misma, lo había llamado «encaprichamiento» o se había dicho que «sentía algo por él». Le había quitado importancia en la cabeza y solo le había preocupado que en ese viaje se recuperara. No se había atrevido a pensar la verdad. Entretanto, había preferido dejarse llevar por la vida de él. Nunca había pensado en preguntar por qué no le dieron ese trabajo hacía tres años cuando sabía perfectamente que estaba preparada para hacerlo. Peor aún, si era sincera, había preferido mantenerse a cierta distancia de su hermano cuando murió... y antes. Era mucho más fácil mandar dinero desde lejos que mezclarse en los embrollos de Dominic. Eso era exactamente lo que había hecho por mucho que le costara reconocerlo.

Todo ello por ocuparse de un hombre que nunca la amaría, que no tenía ni la más remota idea de lo que era el amor. Sin embargo, ¿lo sabía ella?

Le parceió que el mundo daba vueltas enloquecidamente, como si estuviera montada en una disparatada atracción de feria. Se sintió dominada por una vergüenza espantosa que le hervía por dentro. Había querido que su egoísta y maltratada madre la hubiese amado como debería haberlo hecho. Había querido que todos esos padrastros la hubiesen amado como a una hija. Había querido que Dominic la hubiese amado más que a sus adicciones. Y Cayo... él no podía amar nada, ¿no? Se había conformado con que la necesitara y había creído que la valoraba por eso, ya que no por nada más.

¿Fue eso lo que quiso aquel día que parecía tan lejano en su despacho? ¿Acaso creyó que si le presentaba su dimisión, todavía dolida por el correo electrónico que había visto, él se levantaría de un salto y le declararía su amor por ella?

Naturalmente, no lo hizo, nadie lo había hecho jamás, y Cayo no sabría cómo hacerlo aunque sintiera lo mismo que ella. Toda su vida era un monumento, enorme y complicado, al amor triste, patético y no correspondido.

Era una necia.

Además, él estaba observándola con esa inesperada risa todavía en el rostro, una risa que hacía que fuese algo más que hermoso de una forma despiadada, hacía que también fuese atractivo, casi accesible. Eso le rompió lo que le quedaba de corazón.

–¿Te pasa algo?

Él se lo preguntó mirándola con los ojos todavía brillantes y como si pudiera ver lo que escondían los ojos de ella, la verdad, se temió, la espantosa verdad que nunca jamás podría desvelarle a él.

–Estoy bien. Me he mordido la lengua, nada más– consiguió mentir ella.

Él frunció el ceño porque la voz temblorosa indicaba que no estaba tan bien.

Resultó que el tiempo era lo único que Cayo no podía dominar.

Era la tarde del último día y él no conseguía prestar atención a la reunión telefónica en la que ella estaba participando como representante de él. Ninguno de los dos había hablado de ello, aunque era algo que flotaba entre los dos independientemente de las veces que hubiesen hecho el amor la noche anterior y esa mañana. Estaba sentado a su lado, con las piernas estiradas, y no podía dejar de mirarla mientras hablaba por el aparato que había en el centro de la mesa.

–Me ocuparé de que el señor Vila lo estudie –dijo ella con esa voz suave y eficiente que lo abrasaba por dentro–, pero, entretanto, creo que deberíamos repasar esas cifras antes de sacar conclusiones.

Quizá fuese porque él pudiese verla y las demás personas que participaban en la llamada, no. Ellos, naturalmente, se la imaginarían vestida con uno de sus impecables trajes, con sus peligrosos tacones y con el pelo recogido, pero él estaba viendo a la verdadera Dru. Con el pelo suelto, con ese leve tono de color en su pálida piel, con las pecas en la nariz y los hombros, con los pies descalzos y un pareo color turquesa que le cubría el biquini rosa. Con un aspecto nada profesional, aunque nadie lo habría dicho a juzgar por la firmeza de su voz.

Era maravillosa, era suya e iba a abandonarlo.

No sabía qué iba a hacer al respecto, solo sabía que no podía permitirlo y que no iba a permitirlo.

Sin embargo, también sabía que se había quedado sin alternativas.

Ella levantó la cabeza mientras los otros ejecutivos hablaban entre ellos sin saber que él estaba oyéndolo todo. Había descubierto que era muy instructivo emplear a Dru para eso, para que ellos creyeran que estaban hablando con alguien mucho más accesible que él y así enterarse de muchas verdades.

Deseó poder decir lo mismo de la propia Dru.

—Barney, el señor Vila prefiere que se le ofrezcan posibles soluciones cuando se plantea un problema —dijo ella al micrófono—. Naturalmente, puedo transmitirle tus preocupaciones, pero me temo que va a contestarte lo mismo, aunque él no será tan considerado.

Se oyeron unas risas y ella lo miró con una sonrisa y un destello casi plateado en los ojos grises. Era auténtica, se dijo a sí mismo con satisfacción. No era una de esas sonrisas que le había esbozado de vez en cuando para aplacarlo y que tanto había llegado a odiar. Sin embargo, aun así, sabía que estaba ocultándole algo. No sabía qué ni por qué, pero incluso en ese momento podía ver secretos en sus ojos.

Eso, perversamente, hacía que la deseara más todavía.

Le había dicho que era la única persona con la que había tenido una relación cercana y esa verdad lo obsesionaba. Era la única persona viva en la que había confiado. Le había permitido llegar a todos los rincones de su vida, de él. Ningún empleado se había mezclado tanto en su vida personal y ninguna de las mujeres que había conocido había sabido absolutamente nada de su empresa. Solo Dru tenía un pie en cada uno de esos mundos, solo Dru.

Sin embargo, casi no le quedaba tiempo para estar con ella.

Se dejó llevar por un impulso incomprensible, como si así pudiese aliviar la opresión que sentía en el pecho, y tomó la mano de Dru. Ella lo miró sin salir de su asombro, pero él se concentró en las caricias que le hacía con el pulgar, en cómo encajaban incluso en ese momento. Se llevó su mano a los labios y la besó. Ella apoyó la mano en su mentón como si también quisiera apoyarlo y algo cambió dentro de él. Se derrumbó un muro que no sabía que existía y entonces supo lo que tenía que hacer.

Solo había una manera de conservarla, una estrategia que no había intentado y que la mantendría cerca, con él. Además, ¿qué más daba que no fuesc como había estado hasta entonces? Quizá también le gustara tenerla como su familia, aunque no supiera qué quería decir eso. Ella era lo más parecido que había conocido.

Solo tenía que conseguir que dijera «sí».


–El helicóptero llegará dentro de dos horas –comentó ella al día siguiente intentando parecer tranquila, impasible–. El avión estará preparado cuando lleguemos a Tahití.

Cayo estaba al final del embarcadero, de espaldas a ella, quieto y distante. Ella quiso apoyar la cabeza en su

espalda y que el olor a hombre la rodeara, quiso absor-
ber su calidez, como si fuese el sol. Sintió el calor de
los maderos lisos debajo de los pies descalzos y se dijo
que estaba bien, que solo sentía alivio porque todo había
terminado, que solo le quedaba un largo viaje en avión
para sobrevivir, que estaba maravillosamente bien.

Se habían despertado al amanecer abrazados en la
inmensa cama de Cayo. La había puesto encima de él
antes de que estuviera completamente despierta y había
entrado en ella tan suavemente que se había preguntado
si estaría soñando. .. o estaría despidiéndose. Ella había
desechado la idea, se había inclinado hacia delante y lo
había besado.

Lentamente, se acariciaron y besaron hasta encender
una llama distinta, una llama que ardía con delicadeza, una
llama que flameaba y realzaba la perfección de cada caricia, una llama que hizo que los dos suspiraran sus nom-
bres cuando el placer los puso al rojo vivo.

Dru todavía sentía las ascuas dentro de ella. Casi
tuvo miedo de seguir a Cayo después de haber confir-
mado los vuelos, como si temiera que pudiera ver esa
parte de ella que siempre ardería por él, esa parte que
él podía prender tan fácilmente, con una mirada, con un
roce... ¿Alguna vez se desvanecería? ¿Lo sofocaría el
tiempo? Lo dudaba mucho.

—Supongo que nadie puede quedarse en el paraíso
para siempre, ¿verdad? —preguntó ella con desenfado para
intentar disimular el dolor.

—No sigas —replicó él tajantemente.

—Esto es precioso —siguió ella incapaz de parar—,
pero no es real, ¿verdad?

Él se dio la vuelta con un gesto sombrío e implacable. Solo llevaba unos pantalones blancos, pero, aun
así, parecía muy peligroso. Ella estuvo a punto de re-

troceder, pero se contuvo. Él le clavó los ojos en los de ella.

–¿Lo es esto? –preguntó él con un acento más pronunciado que de costumbre–. ¿Lo es tu cháchara intencionadamente trivial? Ya tendrías que saber que no da resultado conmigo.

Eso habría podido dolerle, y lo hizo, pero no podía caer en esa trampa. No habría una discusión que los llevara a besarse ni a arrebatos de genio ni de pasión ni de nada parecido. No tiraría zapatos ni se lanzaría al mar. No dejaría que él le boicoteara la despedida ni, lo que era más importante, tampoco se dejaría a sí misma hacer lo mismo.

–Estás demasiado ocupado para pasar más tiempo escondiéndote del mundo. Incluso aquí –replicó ella sin querer ser trivial ni halagarlo.

Sencillamente, era la verdad. Él era quien era.

–Como me dijiste anoche, sin ir más lejos, el único sentido que tiene contratar a las mejores personas del mundo es poder delegar en ellas de vez en cuando.

–Efectivamente, lo dije. Cayo...

Ella sonrió, pero él, no. Además, la noche anterior parecía muy lejana, como si hubiesen sido otras personas. Se mordió el labio y vio que los ojos de él se oscurecían con una mezcla de tristeza y pasión. Su corazón se le encogió por la opresión del pecho. Si se ponía a llorar en ese momento, quizá no parara nunca. Intentó dejar a un lado ese dolor tan peligroso.

–No compliques más esto –susurró ella.

Aun así, él se limitó a mirarla fijamente, como si estuviera esculpido en piedra. Le pareció inconmensurablemente poderoso, implacable y bárbaro y le pareció que abandonarlo podría matarla. Eso que tenía dentro sin orgullo ni dignidad ni límites podría acabar con ella físicamente si intentaba alejarse. Esa parte masoquista que solo lo quería a él fuera como fuese y significara eso lo que significase. Sin importarle cuánto pudiera dolerle.

—No tiene que ser complicado —replicó él.

Lo dijo en voz baja y con un brillo intenso que brotaba desde lo más profundo de su mirada. Le pasó un dedo justo por encima de la cinturilla de sus pantalones, debajo de la camiseta. Ella contuvo el aliento. Estaba tan amoldada a él que hasta el más mínimo roce despertaba el fuego dentro de ella, hacía que su cuerpo se preparara para él como si obedeciera una orden. Cuando volvió a mirarla, sus ojos tenían un resplandor dorado y su despiadada boca esbozaba una levísima sonrisa.

—Creo que deberías casarte conmigo —dijo él.

El mundo se detuvo. Ni oyó nada ni pudo respirar.

Sin embargo, milagrosamente, no se desmayó. Se quedó allí mirándolo fijamente.

—¿Qué acabas de decir?

—No me vengas con esas.

Él le tomó la barbilla con una mano y la atravesó con la mirada, vio demasiado y no podía permitirlo. No podría sobrevivir si él sabía que lo amaba. Dru apartó bruscamente la cabeza y él no se lo impidió, pero sí dejo muy claro, sin decir nada, que se lo había permitido.

—No puedes decirlo en serio.

Ella estaba sin respiración, desasosegada, temblorosa, como si lo que hubiese dicho fuese un terremoto y ella todavía estuviera sufriendo las consecuencias.

—Nunca en mi vida había dicho nada tan en serio —replicó él en tono áspero y con un brillo en los ojos.

Eso fue lo que más le dolió. Era todo lo que había deseado, más de lo que se había atrevido a soñar, pero no así. Dos semanas antes, la había montado en un avión con malas artes y le había dicho que iban a Zúrich. Eso era igual, pero más doloroso.

–No –dijo ella con un hilo de voz–. No puedo.

–¿Por qué?

Él lo preguntó con la misma voz que empleaba para hacer negocios, para negociar contratos, para convencer a quienes se atrevían a llevarle la contraria de que deberían cambiar la respuesta... y, normalmente, lo hacían.

Dru se sintió dolida, apaleada, desgarrada entre lo que sabía que tenía que hacer y esa parte tan traicionera de sí misma que lo quería sin importarle cómo. ¿Por qué no podía aprovechar la ocasión sin más? Le preguntó esa parte masoquista que tenía. Él podría aprender a amarla. Quizá ya la amara en la medida que podía...

Sin embargo, apareció otra voz dentro de ella, una nueva, frágil y tenue, pero suya.

–Me merezco algo mejor.

El efecto en él fue inmediato y aparatoso, aunque no se movió. Fue como si todo su poder, su brutalidad, le surgiera repentinamente de los ojos mientras él permanecía aterradora y amenazantemente inmóvil. Como si ella lo hubiese herido de forma inconcebible.

–¿Mejor?

Dru tendió las manos como si fuera a tocarlo, a contenerlo, pero, en el último momento, no se atrevió. Tenía la garganta atenazada por el dolor y sentía una opresión en el pecho, pero no podía hacer nada, no podía mejorar aquello... y él estaba empeorándolo.

–Hice una promesa a mi hermano y tengo que mantenerla –susurró ella–. No hay nada tan importante como eso.

Ni siquiera él, se dijo a sí misma con pesadumbre mientras todo se le revolvía por dentro.

–Cásate conmigo –insistió él más como una petición que como una orden aunque con firmeza–. Es la única solución. No sé cómo voy a perderte. No puedo –añadió él casi en un susurro.

–Tendrás que aprender –consiguió decir ella a pesar del nudo que tenía en la garganta.

–Dru...

–No puedo conformarme –espetó ella a pesar de las lágrimas que amenazaban con brotar–. Ni siquiera por ti.

–Dru.

Le dolía hasta su forma de decir su nombre, como si ella fuese la que lo había herido de muerte. Él le tomó la cara entre las manos y entonces fue cuando se dio cuenta de que las lágrimas le caían por las mejillas a pesar de los esfuerzos para contenerlas.

Sin embargo, no la amaba. Ni siquiera lo fingía en ese momento, para casarse con ella, para conservarla. Podía dejarlo en ese momento y quedar destrozada o quedarse, casarse con él y destrozarse poco a poco porque no la amaba hasta odiarlo como quisiera haber podido odiarlo hacía dos semanas.

–No soy el monstruo que crees que soy –siguió él en un tono que le llegó directo al corazón, como un puñal.

–Tus dos semanas se han acabado, Cayo. Tienes que dejarme marchar.

Fue lo más doloroso que había hecho en su vida, el mayor sacrificio que había hecho en su vida, y supo que siempre se sentiría incompleta.

# Capítulo 9

SI AQUELLO era querer, había hecho bien en no hacerlo durante toda su vida adulta, pensó Cayo unas semanas después de haber vuelto de Bora Bora y de que Dru lo dejara tirado sin mirar atrás. Ella le había dicho que cuando decidiera sabotearlo no tendría nada de pasivo y se preguntaba si se refería a eso. A esa sensación de pérdida que lo teñía todo de un gris anodino.

No podía soportarlo.

Miró con cara de pocos amigos a uno de sus muchos directores generales desde su lado de la inmensa mesa, en Londres, pero consiguió contenerse y no retorcerle el pescuezo.

–No consigo entender por qué estoy teniendo esta conversación –dijo en un tono gélido mientras tamborileaba con los dedos en la resplandeciente superficie de la mesa–. Te he contratado para que tomes este tipo de decisiones.

Estaba siendo más amable de lo que le habría gustado, incluso, agradable. Sin embargo, sabía que estaba intentando conseguir lo que Dru habría conseguido con alguna sonrisa y un par de palabras de estímulo, pero era un desastre en comparación con ella.

Estaba acostumbrándose a eso, aunque de mala manera. Además, ella había desaparecido completamente desde que el avión tocó suelo británico, como había prometido que haría. Seguramente, no se había creído que lo haría... y seguía sin creérselo.

–Naturalmente, me encantaría... –balbució el director general que tenía enfrente–. Es que usted siempre ha querido saber todos los detalles de las posibles negociaciones antes de...

–Eso era antes –lo interrumpió Cayo con un suspiro e intentando dejar de mirarlo con el ceño fruncido–. Si no quieres nada más...

Se dejó caer contra el respaldo del enorme sillón y observó al otro hombre, que salía corriendo para buscar refugio fuera del despacho. Entonces, la nueva asistente apareció como un robot para ponerle al tanto de sus citas y sus mensajes.

La miró y pensó que Claire era la asistente que querría cualquier hombre. La agencia se la mandó el día que llegó de la Polinesia Francesa y se había puesto al tanto maravillosamente en esas semanas. Aprendía deprisa y estaba deseosa de agradar, pero no se ponía a temblar cada vez que él hablaba, como muchos de sus ejecutivos. Era bastante guapa, rubia y de aspecto ligeramente nórdico, y eso siempre facilitaba las cosas con los posibles inversores y los distintos clientes. Ya llevaba un mes con él y todavía no le había encontrado un defecto.

Bueno, solo uno. No era Dru. No sabía cómo le gustaba el café ni, mucho menos, cómo engatusar sin inmutarse a su indisciplinado y exigente consejo de administración. No le preguntaba su opinión sobre negociaciones difíciles ni confiaría en ella para que atendiera llamadas interminables con ejecutivos descontentos. Claire era, se imaginaba, la perfecta asistente personal sin más.

Eso le hizo pensar que Dru había sido mucho más que eso, había sido algo más parecido a una colaboradora. Sin embargo, ya no estaba allí, como si nunca hubiese estado en el Grupo Vila, como si nunca hubiese estado con él.

No paraba de preguntarse qué había esperado y nunca se contestaba. Dru lo odiaba, se lo había dicho ella. ¿Acaso había creído que el sexo cambiaría eso o que podría cambiar quién era él y quién había sido siempre? Ese monstruo que ni siquiera se había dado cuenta de que había machacado la existencia de lo único que había querido en su vida...

—Señor Vila... —Claire dijo su nombre en un tono que indicaba que no era la primera vez que lo decía—. Le llama por teléfono el señor Young. ¿Se lo paso?

No era él mismo. Llevaba unas semanas sin serlo y lo sabía muy bien.

—Sí, claro —farfulló él.

Ella no tenía la culpa de no ser Dru y él tenía que recordárselo a sí mismo varias veces al día.

Atendió la llamada con su habitual falta de delicadeza y compasión y cuando terminó se quedó mirando a la City por el ventanal. Pasó varios minutos con el ceño fruncido por la deprimente lluvia, hasta que se dio cuenta de que últimamente se pasaba mucho tiempo así, como un adolescente decaído y melancólico.

Estaba descontento consigo mismo. ¿Se desalentó cuando su abuelo lo expulsó? No. Necesitó asimilar lo que había pasado, pero luego se marchó de aquella montaña y se hizo una vida propia. No lloró ni se abatió. Se centró, trabajó mucho y, con el tiempo, llegó a pensar que la traición de su abuelo fue lo mejor que había podido pasarle. ¿Dónde estaría si no hubiese sido por él? Naturalmente, lo sabía. Habría sido un guarnicionero como su abuelo en ese precioso pueblo blanco, habría llevado una vida sencilla bajo los tejados rojos y habría sonreído a los turistas que sacaban fotos y pagaban una cantidad desorbitada por comer en sus restaurantes. Habría sufrido por los susurros y las habladurías que nunca habrían cesado independientemente de lo mucho que hubiese intentado combatirlas, independientemente de lo que hubiese hecho. Habría pagado infinitamente por los pecados de su madre. Resopló con desprecio al pensarlo.

Estaba mejor así, lo estuvo entonces y seguía estándolo.

Aun así, miró por el ventanal y vio a Dru.

Estaban sobre una manta que habían extendido una noche en la playa de Bora Bora. Estaban cubiertos solo por la resplandeciente luna. Dru había apoyado la cabeza en su hombro con la respiración todavía entrecortada por la pasión que los había dominado y tenían la ropa esparcida por la arena.

—Lo reconozco —había dicho él—, nunca había tenido un animal de compañía parecido a ti.

—¿No? —él la oyó reírse aunque solo le veía la coronilla—. ¿Me siento y doy la patita mejor que los otros?

—Estaba pensando lo mucho que me gusta cuando te entregas —murmuró él.

Unos minutos antes ella había jadeado su nombre... Había estado provocándola, algo que solo le hacía a ella, pero cuando Dru cambió de posición para poder mirarlo, tenía los ojos serios.

—Te cuidado con lo que deseas —replicó ella con una voz que no correspondía a su mirada.

—No sé qué quieres decir —él le pasó un mechón por detrás de la oreja—. Entregarse no tiene nada de malo, sobre todo, para mí.

—Es muy fácil para ti decirlo. Nunca has tenido el placer.

Él sonrió, pero el momento se hizo más sombrío, más sincero, quizá.

–¿Eso es lo que te da miedo? –preguntó él en tono pausado.

Ella dejó escapar un sonido, como si casi se hubiese reído, y miró hacia otro lado.

–Mi hermano era... adicto –contestó ella en voz baja pero firme–. No sé por qué tengo la sensación de traicionarlo por decírtelo, pero es verdad.

Él no dijo nada, le acarició la espalda, la abrazó y escuchó. Ella le contó los intentos de Dominic para recuperarse y su inevitable caída en desgracia. Le contó los otros trabajos que había tenido y cómo los había dejado para correr al lado de su hermano solo para sentirse descorazonada y engañada una y otra vez... y, además, despedida en ocasiones. Le contó los buenos momentos que se mezclaban con los malos, lo cerca que estuvo de su gemelo y que, durante mucho tiempo, lo único que tuvieron en el mundo fueron el uno al otro.

–Sin embargo, no era verdad del todo porque también tenía adicciones y, al final, siempre acababa entregándose a ellas por mucho que dijera que no quería. Hasta que un día no pudo volver.

Entonces, él la había puesto de espaldas para poder mirarla a los ojos, pero fue tan indescifrable como siempre. Siguió ocultándose tras esos ojos grises que esa noche eran más oscuros que de costumbre.

Dru le pasó suavemente la punta de los dedos por el mentón, la nariz, las cejas y los labios, como si fuera algo muy valioso para ella.

–Me pregunto qué se sentirá –susurró ella con algo parecido al dolor en los ojos, aunque se esfumó enseguida–. ¿Qué se sentirá cuando eres incapaz de resistirte a algo que sabes que va a destruirte aunque no quieras?

–Dru... –susurró él frunciendo el ceño–. No puedes pensar...

Sin embargo, ella no le dejó terminar, lo calló con un beso abrasador y solo necesitó eso para seducirlo. Se había olvidado de todo hasta ese momento.

¿Había querido avisarlo? ¿Sabía que se metería en su sangre, que lo envenenaría hasta que fuese un desconocido para sí mismo? Frunció el ceño a la lluvia que chocaba con fuerza contra el ventanal Por primera vez en casi veinte años, se preguntó si compensaba ese enorme imperio que había levantado y que lo había dejado al margen de todo lo demás. Se preguntó si lo vendería a cambio de ella.

Aunque ella no le había ofrecido esa posibilidad...

Oyó el intercomunicador, pero no se movió. Ya no sabía si estaba furioso o si, sencillamente, era el desastre de hombre que siempre había sido, pero no le gustó ninguna de las dos cosas.

Tuvo que hacer acopio de todo lo que no tenía para no azuzar a su equipo de investigadores tras ella, para que no le informaran de todo lo que hacía, estuviera donde estuviese, como el necio celoso y obsesivo que ella dijo una vez que era. Había pasado semanas reprimiendo esa necesidad casi abrumadora. Ella le había dicho que tendría que aprender a perderla y él había comprendido que era una lección que no le interesaba lo más mínimo. La verdad era que nunca había sido un buen perdedor.

Le había dicho que tenía que dejarla marchar y lo había hecho aunque casi muere en el intento, aunque lo había desvelado por las noches y le había destrozado los días. Ella era lo único a lo que había renunciado, lo único que se le había escapado entre los dedos y eso le parecía el mayor fracaso de todos.

No podía perdonarse... ni podía perdonarle a ella por

haberle hecho eso, por haberlo convertido en ese ser débil y despedazado que no era quien él había creído ser... antes.

Lo peor de todo, por haber conseguido que él quisiera...


Dru no había tenido tiempo de acurrucarse debajo del edredón cuando volvió a su diminuto estudio desde el lluvioso aeródromo donde vio a Cayo por última vez, aunque eso era lo único que quería hacer.

El vuelo que ya había reservado para volver a Bora Bora iba a salir a los dos días. Se había reunido con los inexpresivos abogados de Cayo la mañana anterior al vuelo y había firmado todo lo que le pusieron delante sin importarle si estaban sacándole los higadillos siempre que garantizara su libertad. Había sido el último y necesario paso.

Sobre todo, había significado que él iba a dejarla marchar.

Había llegado a pensar que él podría volver a ser Godzilla, a rugir y machacar, a reclamarle otras dos semanas, a atraparla en ese matrimonio que le había propuesto... a algo. Sin embargo, había dejado que se marchara en el aeródromo. Solo la miró de una forma que ella no había visto nunca, con los ojos color ámbar casi negros y devorándola viva por dentro. El día era tan gris, frío y deprimente que se preguntó si Bora Bora, el yate en el Adriático, Milán y todo lo que había pasado entre ellos no habría sido solo un sueño febril.

Sin embargo, los abogados habían sido reales y le habían presentado documentos reales en una cafetería real. Ella había firmado su despedida después de cinco años con la bendición de él, como él había querido.

Cayo Vila, quien no cedía jamás, quien nunca había oído la palabra «no», había dejado que se marchara por fin. Como ella había dicho que hiciera, se recordó a sí misma, como ella le había pedido.

Entonces, volvió a su casa, tomó la urna con las cenizas de Dominic, la envolvió cuidadosamente y la metió en la maleta que iba a facturar.

El viaje había sido demoledor. Cuando por fin se arrastró a su hotel, en la parte sur de Bora Bora, lejos de la isla privada de Cayo, notó claramente la diferencia, pero se dijo que le daba igual, que había ido por un motivo muy concreto y a hacer algo muy concreto, que desde cuándo era una princesa para que le pareciera deprimente su pequeña habitación que daba a un trozo de jardín. Aun así, aquello era Bora Bora.

Se enfureció consigo misma, y con Cayo, por estar tan malcriada. Al parecer, se había acostumbrado a todo el lujo que lo rodeaba.

Tardó una semana en reunir fuerzas y, si era sincera, en recuperarse un poco de las dos semanas que había pasado con Cayo. Sin embargo, por fin estuvo preparada. Una tarde, a la puesta del sol, tomó una canoa, se llevó las cenizas de Dominic y las esparció por el mar mientras el cielo se teñía de rosa y naranja.

Luego, se dirigió al primer hombre que había querido y siempre querría.

–Me gustaría haber podido salvarte. Me gustaría haberlo intentado con más ahínco.

Recordó la risa de felicidad de su hermano, una risa que nunca oyó lo suficiente. Pensó en sus ojos grises y burlones, mucho más vivos y resplandecientes que los de ella... y también, algunas veces, mucho más apagados. Pensó en su delgadez exagerada, en su pelo tupido y rebelde, en sus manos de poeta, en los dos colibrís que tenía tatuados en el hombro y que, según le contó él una vez con su descarada sonrisa, les representaba a ellos dos; siempre libres y volando.

–Me gustaría saber qué pasó de aquella foto de nosotros dos cuando éramos bebés –siguió ella con una sonrisa por el recuerdo de la vieja fotografía–. Todavía no sé quién era cada uno.

Lloró. Pensó en su madre, quien tenía tanto miedo de estar sola que le había servido cualquier hombre sin importarle cómo la tratara. Pensó en aquellos años cuando eran Dominic y Dru contra el mundo y en lo mucho que lo echó de menos durante el resto de su vida. Él le había arrebatado algo que nunca podría recuperar y lloró por la familia que había perdido, por los hipotéticos hijos que nunca conocerían a su tío, por toda la vida que le quedaba por delante sin nada de su gemelo salvo lo que llevaba con ella, dentro de ella.

Algo que no era suficiente, pensó con amargura, que nunca sería suficiente.

–Te has llevado una parte de mí, Dominic, y nunca te olvidaré, te lo prometo.

Cuando todas las cenizas desaparecieron, volvió al hotel donde, por fin, se acurrucó en la cama, se tapó hasta la cabeza y se desmoronó.

Se quedó allí unos días. Lloró hasta quedarse ciega por las lágrimas y hasta vomitar por la fuerza de sus sollozos. Por fin soltó la espantosa tormenta que había llevado dentro todo ese tiempo, la tristeza de tantos años, el dolor y la furia y todas las mentiras que se había contado sobre sus motivos. Lo mucho que había amado a Dominic y, sí, para su vergüenza, lo mucho que también lo había odiado algunas veces. Les excusas de él, sus promesas, sus grandes planes que nunca llegaban a nada, sus mentiras piadosas que ella quería creerse como fuera. Lloró por todo lo que había perdido y lo sola que estaba, porque no sabía qué hacer sin nada por lo que sobrevivir, sin un objetivo, sin un sacrificio alrededor del cual levantar su vida.

Sin embargo, un día se sentó y abrió todas las ventanas. Dejó que entrara la brisa con el olor del mar y de las flores y lo aspiró profundamente. Luego, tomó té en la preciosa playa del hotel y se sintió renacida, renovada, como si realmente hubiera dejado a Dominic descansando.

Eso significaba que había llegado el momento de que hiciera frente a la verdad sobre lo que sentía por Cayo.

—¿Tanto miedo doy? —le había preguntado él aquella noche tan lejana en Cádiz.

El restaurante estaba abarrotado y era muy ruidoso y él le había rozado con el brazo cuando se sentaban juntos a una mesa diminuta. Sus inolvidables ojos seguían reflejando mucha tristeza, pero su implacable boca esbozaba una leve sonrisa y ella sintió vértigo, como si los dos estuvieran iluminados por la magia de aquella noche en la que todo estaba cambiando. Entonces estuvo segura de que estaba cambiando...

—Creo que se enorgullece de dar todo el miedo que puede —había contestado ella con una sonrisa—. Al fin y al cabo, tiene una reputación que mantener...

—Estoy seguro de que, detrás de todo eso, estoy hecho de arcilla y de que espero que aparezca alguien que me moldee —replicó él ampliando aquella media sonrisa.

Sonrió por lo absurdo que era que un hombre como él cediera a algo que no fuesen sus propias apetencias.

–Quizá sea metal que puede fundirse en ciertas circunstancias, pero nunca arcilla –dijo ella entre risas.

–Me inclino ante su conocimiento superior.

Él levantó la copa de jerez y la miró con una intensidad muy extraña en los ojos. Ella sintió que se sonrojaba por el calor y que perdía el dominio de sí misma.
Sin embargo, le pareció bien, mejor que lo que había
sentido jamás. Él se inclinó hacia ella y le murmuró al
oído.

–¿Qué haría yo sin usted?

Ella sabía qué haría sin ella, pensó en ese momento
mientras miraba el cielo perfecto y el maravilloso mar,
aunque ninguno de los dos tuviera el brillo que tuvo antes. Seguramente, estaría siendo Cayo Vila, aterrador
por naturaleza, estaría tomando lo que se le antojara y
ampliando sus posesiones por capricho.

Sin embargo, ella estaba deformaba por su ausencia,
desfigurada, y nada parecía mejorar por muchos días
que pasaran.

Se sentó en el minúsculo asiento del vuelo de Air
Vila entre Los Ángeles y Londres y se quedó mirando
fijamente la cara de él en la contraportada de la revista
del avión. Creyó que el corazón se le iba a hacer añicos
en el pecho.

No podía, se dijo secándose las lágrimas para que no
le cayeran al compañero de asiento, que estaba ron-
cando. No podía vivir la vida que creía que debía vivir,
fuera cual fuese, si sabía que él estaba por ahí, si sabía
que solo lo vería fugaz y dolorosamente en la televisión
o en las revistas, pero nunca delante de ella, nunca tan
cerca que pudiera volver a tocarlo, a paladearlo, a pro-
vocarlo...

Había estado enamorada de él mucho tiempo. Seguía
enamorada de él por mucho que quisiera olvidarlo. No

había cambiado y empezaba a pensar que nunca cambiaría. Sin él, se sentía disminuida, como si dependiera de él tanto como él había dependido de ella durante todo ese tiempo.

De vuelta en su estudio de Londres, intentó convencerse de que le quedaba toda la vida por delante, de que solo tenía que elegir el camino que quería seguir y que el mundo sería suyo. A la mañana siguiente de su regreso, se despertó y ojeó el periódico para buscar alguna pista de por dónde tirar, pero todo le pareció frío, vacío, sin sentido.

Se sentía perseguida por Cayo hasta en un piso diminuto que él no había visitado nunca y en una mañana resplandeciente que no debería tener nada que ver con él. Cerró los ojos al acercarse a su pequeña nevera y lo vio. Vio sus ojos de color ámbar oscuro, su cara despiadada con una boca irresistible y cruel. Lo sintió. No podía respirar sin imaginarse sus caricias, su sonrisa, el sonido de su voz cuando decía su nombre y sin sentir esa llama inextinguible que seguía ardiendo en ella con la misma intensidad.

¿Realmente importaba cómo la quisiera si la quería? Fue de un lado a otro de la cocina. Deseó que él hubiese hecho las cosas de otra forma en Bora Bora. Deseó que él le hubiese mentido y le hubiese dicho que la quería, que la necesitaba, pero no solo como su asistente. Quizá no lo hubiese creído, pero había querido creerlo y quizá eso hubiese sido suficiente.

Sin embargo, no podía casarse con él cuando ni siquiera podía fingir que la amaba. Esa resultó ser la línea que no podía traspasar.

—Una chica tiene que tener principios —dijo en voz alta.

También sacudió la cabeza como si quisiera no pensar en todas las cosas a las que se había aferrado toda su vida, como, por ejemplo, que nunca sería como su madre. Sin embargo, allí estaba, sola en su piso, casi como una solterona rechazada y patética, dándose argumentos contra un hombre que nunca podría amarla como se merecía que la amara.

Ese era el problema. No se limitaba a querer que la amaran, quería que la amara Cayo y no podía entender que algo tuviera sentido sin él. Quizá un retazo de Cayo fuese mejor que nada en absoluto porque no se conformaría con nada más. La idea de otro hombre era cómica. ¿Qué sentido tendría? Otro hombre no sería Cayo.

¿Por qué no podían seguir como antes? Se preguntó con el ceño fruncido. La verdad era que ni siquiera podía acordarse de por qué se había enfadado tanto con él ni de por qué había querido alejarse de él por todos los medios. Esas semanas eran el tiempo más largo que había pasado sin verlo desde que empezó a trabajar para él hacía cinco años y no podía soportarlo. Añoraba su miraba sombría y su voz impaciente. Lo echaba de menos a él.

Quizá no la quisiera como ella deseaba que pudiera quererla. Quizá le hubiese pedido que se casara con él en un intento desesperado de agarrarse a algo que no quería perder, como lo que sentiría, por ejemplo, por un coche de carreras de edición limitada. Ella lo entendía aunque le doliera. Lo malo era que le dolía más estar sin él.

Había resultado que lo quería más que lo que quería a su dignidad, aunque eso la convirtiera en una necia o en alguien como su madre, en una mujer muy triste con una vida muy triste llena de retazos. Supuso que se pasaría el resto de su vida pagando las consecuencias de la decisión que, en ese momento, parecía que no podía dejar de tomar. Sin embargo, entretanto, sabía perfectamente lo que tenía que hacer.

Dru entró otra vez en su vida, hasta el centro de su despacho, en una anodina tarde de miércoles.

Estaba desenfadada y elegante con unos pantalones negros y ceñidos que se metían en unas relucientes botas con unos tacones muy peligrosos y con un jersey color vino algo complicado que tenía un cuello como una bufanda. Llevaba el maravilloso pelo recogido en una coleta baja. Evidentemente, había tomado más el sol y le sentaba muy bien. Parecía desprender salud y lo miró con unos ojos muy nítidos.

Él sintió un arrebato de deseo casi inhumano y pensó que era suya.

Quiso besarla y estar dentro de ella. La deseó con una intensidad que debería haberlo puesto de rodillas, pero se metió las manos en los bolsillos y se quedó detrás de la mesa observándola mientras la furia que había intentado sofocar empezaba a bullirle por dentro.

–Sé que no te gusta nada que la gente se presente aquí sin una cita –comentó Dru con esa voz serena que lo había obsesionado durante semanas–. Te pido disculpas –ella esbozó esa sonrisa que él detestaba–. Tu asistente parece encantadora.

–Es perfecta en todos los sentidos –gruñó Cayo–. Incomparable. En realidad, la mejor asistente personal que he tenido.

–Me alegro muchísimo de oírlo –replicó ella como si él fuese un inversor al que tenía que agradar, como si estuviese trabajando–. Sin embargo, si no recuerdo mal, eres demasiado proclive a ese halago y ha dejado de tener significado.

Él no dijo nada, no pudo.

–Volví a Bora Bora, como tenía pensado –siguió ella sin alterarse y mirándolo a los ojos.

–Espero que tuvieras un vuelo agradable –él no pudo evitar el tono sarcástico ni dejar de arquear una ceja–. Fue un vuelo comercial, ¿verdad?

–Tardé más de cuarenta horas.

Ella esbozó una sonrisa más bien triste, pero, al menos, se pareció a algo auténtico. Él sabía que debería decir algo y debería haberlo dicho. Ella lo miró a los ojos como si quisiera animarlo a que se limitara a hablar con ella como habría hecho antes. Sin embargo, no pudo. Ella lo había machacado de una manera que todavía no podía comprender. Lo había dejado. Él había dejado que se marchara. Seguía sin poder entender ninguna de esas dos cosas.

Aun así, y por encima de todo eso, la deseaba a pesar de que sabía cuánto lo había destrozado desearla así.

–Dru, ¿por qué estás aquí?

Él lo preguntó sin disimular la furia, el anhelo y el despecho que sentía por dentro y sin importarle lo que pudiera afectarle a ella. Vio que tragaba saliva como si estuviese nerviosa. Le dolió físicamente que todavía no estuviera acariciándola.

–He venido a hacer una entrevista.

Ella contestó sin vacilar, pero él captó una emoción en su voz. Un hombre más íntegro quizá no lo hubiese tomado como una especie de victoria, pero él no aspiraba a tanto.

–¿Una entrevista? ¿Para qué?

Ella levantó la barbilla y los ojos grises le brillaron. Él notó que, una vez más, estaba ocultándole algo.

–Para mi antiguo trabajo, naturalmente.

Él había soñado exactamente con eso. No pudo contener una sonrisa y no le hizo falta ver la reacción de ella para saber que no era una sonrisa muy agradable.

Sin embargo, ella no se inmutó, era Dru.

—Me gustaría recuperar mi trabajo. He venido a suplicártelo si es necesario.

Ella lo dijo con mucha consideración, con educación. Se entrelazó las manos como la mujer obediente y sumisa que siempre había fingido ser y fue directa a sus manos con la cabeza muy alta.

# Capítulo 10

PARECIÓ como si él quisiera despedazarla con los dientes. Dru intentó dominarse, tenía el corazón desbocado y sentía una opresión en las entrañas que no sabía si era por deseo, por nerviosismo o por una mezcla de las dos cosas.

–Si quieres suplicarme, no seré yo quien te lo impida –dijo Cayo con aspereza después de un rato aunque los ojos le brillaban–. Puedes empezar poniéndote de rodillas.

Ella recordó con toda claridad aquel día en Bora Bora. Recordó que se acercó a él por el pulido suelo, que se puso entre sus poderosas piernas y que le sonrió deseándolo más que respirar, como lo deseaba en ese momento. Sintió que se abrasaba por dentro y temió haberse sonrojado. Él entrecerró los ojos y ella supo sin asomo de duda que estaba pensando lo mismo.

–Qué buenos recuerdos... –dijo él provocándola sin disimulo.

Sin embargo, por algún motivo, ella no podía reaccionar como habría hecho antes. Era como si no pudiera respirar por la descomunal fuerza de él. Era como si, para protegerse, hubiese mitigado la intensidad en su memoria. Era imponente y descarado, con esos ojos de un dorado oscuro y el pelo completamente negro, con esa musculatura irresistible y su elegancia masculina. El traje estaba perfectamente hecho a medida y hacía que pareciera estilizado, depredador, indómito...

Entonces, ella supo lo que él podía hacer con cada milímetro de ese hermoso cuerpo. Se dio cuenta de que había perdido el habla por completo.

A él le brillaron los ojos con un tono más dorado todavía que antes. Rodeó la mesa, se colocó delante y se apoyó a menos de un metro de ella. Ella hizo un esfuerzo para no reaccionar, para no retroceder ni mostrar nada en la cara aunque se le erizaron los pelos de detrás del cuello por el insoportable deseo.

–Dime una cosa –le pidió él con esa voz delicada y aterradoramente peligrosa–. ¿Qué te ha pasado para que vuelvas a solicitar este trabajo que quisiste dejar por todos los medios? ¿Qué crees que pasará la próxima vez que decidas que me odias? ¿Qué me tirarás entonces?

–Es posible que me precipitara –contestó ella antes de perder el poco sentido común que le quedaba y de rogarle que la tomara allí como quisiera–. Es posible que el dolor por la pérdida de mi hermano me nublara el juicio.

Él la miró durante un rato largo y gélido.

–El puesto ya está ocupado –replicó él en tono tajante y con un acento español que la dejó sin aliento–. Tenías razón. Fue ridículamente fácil sustituirte. Bastó con una llamada de teléfono.

–Entiendo –dijo ella fingiendo que era tan fuerte como parecía–. Crees que me merezco que seas aterrador, despiadado e hiriente. ¿Es mi último castigo?

–¿Por qué iba a querer castigarte? –preguntó él en un tono sombrío que le llegó a ella hasta lo más profundo del vientre–. Al parecer, yo solo era una forma muy oportuna de que mataras el gusanillo, como te dije que hicieras –siguió él con una sonrisa que debería haberla desangrado–. ¿Qué pasó exactamente para que yo creyera que debería castigarte?

Quizá, efectivamente, estuviera desangrándose y dándose cuenta de que todo había sido por su culpa. Debería haber seguido sola, debería haber encontrado la manera de sobrevivir. Al fin y al cabo, sabía que acercarse a Cayo acabaría así. Quizá no debería haber sido tan ilusa.

—Nada. No pasó nada en absoluto.

Se sintió tan aturdida, tan agotada de sentir dolor y descorazonamiento que solo notó como un ligero chaparrón entre otro cielo plomizo como tantos, nada especial.

Inclinó la cabeza, se dio la vuelta y se dirigió hacia la puerta. Había sido un error ir allí. Tenía que vivir con las consecuencias de Cayo. Tenía que seguir adelante por mucho que le doliera. Con el tiempo, se repondría de todo eso y dejaría de pensar en él. La gente se reponía constantemente de los desengaños por todo el mundo.

Ella también se repondría.

—Sin embargo, sigue habiendo un puesto sin cubrir —dijo él desde detrás de ella.

Su tono sombrío y casi de satisfacción hizo que se le pusiera la carne de gallina.

Se detuvo y se detestó por haberlo hecho. Era como una toxicómana, no era mejor que su hermano, era igual que su madre. Aceptaría cualquier castigo que le impusiera. Sin embargo, su parte masoquista la felicitó.

—¿Qué puesto? —preguntó ella con frialdad, como si estuviera muy lejos de allí—. ¿Tu saco de boxeo personal?

—Mi esposa.

Fue otra bofetada, como lo fue en la isla, pero esa vez ya estaba muy débil. Ya había claudicado bastante para ir allí. Creyó que iba a echarse a llorar sin control, pero consiguió contener las lágrimas con rabia y se dio la vuelta.

Se miraron fijamente. Él tenía las cejas arqueadas, desafiantes, autoritarias. Todo el dolor, el anhelo y la tensión, todo lo que él significaba para ella, por mucho que intentara resistirse, pareció presentarse ante ellos con toda su crudeza. Él parecía un trueno y sus ojos los rayos. Sin embargo, ella no consiguió reunir suficiente orgullo ni instinto de supervivencia para reírse de esa versión retorcida de una petición de matrimonio. Solo pudo intentar contener las lágrimas un poco más.

Él no dijo que la necesitara, que la quisiera ni que la anhelara. No dijo que aquello fuese complicado para él. Parecía lo que parecía siempre, intocable e insoportablemente despiadado. El hombre más peligroso que había conocido en toda su vida.

–Tu esposa –repitió ella como si casi ni conociese esa palabra. No podía hablar por el nudo que tenía en la garganta–. ¿Qué conlleva exactamente ese puesto?

La miró con ojos de depredador y el delgado cuerpo en tensión, tanto, que creyó que iba a abalanzarse sobre ella. Detrás, la lluvia golpeaba contra la ventana y el cielo estaba oscuro, pero él parecía mucho más amenazador.

–Estoy seguro de que se me ocurrirá algo.

Ella se lo imaginó arremetiendo dentro de ella en un acoplamiento perfecto, abrasador, tan desenfrenado que se olvidaba completamente de sí misma.

–¿Y cuando eso se desvanezca? –preguntó ella con la voz ronca–. No eres famoso por aguantar mucho con tus amantes, ¿verdad?

Él se apartó de la mesa y se dirigió directamente hacia ella como un arma mortífera. Dru tuvo que hacer un esfuerzo inmenso para no salir corriendo en dirección contraria... o hacia él.

–He pensado en muy pocas cosas aparte de ti desde que entraste aquí y dimitiste –contestó él acercándose tanto que ella tuvo que levantar la cabeza–. Para empezar, nunca quise que te marcharas. No se trata de cuánto aguanto o no, ¿verdad?

–No puedo casarme contigo –consiguió decir ella con firmeza y desesperación.

Él frunció el ceño.

–¿Aspiras a alguien más rico o más poderoso, Dru? –el no tuvo que reírse, pero esbozó esa sonrisa burlona y gélida–. ¿A alguien mejor en la cama?

–Al amor –contestó ella antes de darse cuenta con espanto. Él la miró como si le hubiese tirado otro zapato y lo hubiese alcanzado–. No tiene sentido casarse sin amor.

–Naturalmente. Ya has dejado muy claro lo que opinas de mí. ¿Quién iba a casarse con un monstruo como yo?

Él tomó aliento con una expresión que ella nunca había visto en su cara, atroz, remota, como si ella le hubiese desgarrado el corazón.

Sin embargo, aunque eran las palabras más amargas que había oído en su vida, tanto que se sintió abrumada, él siguió acercándose, le acarició el final de la coleta y se la pasó por encima de un hombro con una delicadeza que no tenía nada que ver con su mirada bárbara e inflexible. Entonces, ella se acordó de aquella noche en la terraza de Milán, cuando él hizo lo mismo, cuando consiguió que le doliera el corazón, cuando consiguió que creyera que en todo aquello había algo más que pasión abrasadora.

Se acordó de cuando estaba en el agua y sintió por un momento que podía dejarse hundir, que eso le pareció mejor que enfrentarse a ese hombre que proyectaba una sombra espantosa sobre toda su vida, de quien parecía no poder prescindir aunque ella creyera que sí podía, quien la había acusado de ocultarse de él, de ocultarle algo, y, efectivamente, en ese momento estaba ocultándole la verdad más importante cuando, en realidad, ¿qué estaba protegiendo? No tenía nada ni a nadie, estaba completamente sola, no tenía nada que perder.

Sin embargo, era muy complicado, tan angustioso que se le nublaba la vista.

—No creo que seas un monstruo, Cayo —susurró ella, quien tuvo la sensación de estar cayendo desde un precipicio al vacío—. Te amo.

Él se quedó aterradoramente inmóvil y con un brillo de oro fundido en los ojos.

—A ti te gusta coleccionar cosas —siguió ella sin importarle lo ronca que tenía la voz ni las lágrimas que se le amontonaban en la garganta—. Lo haces muy bien. Te obsesionas durante un tiempo y luego te olvidas mientras persigues tu siguiente obsesión —Dru sacudió la cabeza y retrocedió un poco—. Ni siquiera puedo reprochártelo. Vi cómo era tu abuelo. Sin embargo, ¿cómo iba a poder casarme contigo si tú no me amas, si no puedes amarme?

—Dru...

Él empezó a decir algo, pero fue la voz de un desconocido y la miraba como si otra vez se hubiese convertido en un fantasma. Dru supo que había llegado el momento de marcharse, que no debería haber ido allí, que había vuelto a traicionarse a sí misma.

—No hace falta que digas nada —dijo ella con delicadeza y sinceridad—. Debería haberme quedado al margen, lo siento.

Entonces, se dio la vuelta y se alejó de él por última vez.

Cayo la buscó y la encontró en una casa antigua pero reformada en Clapham que era lo diametralmente opuesto a su ático de tres pisos en un almacén victoriano que daba al Támesis. Eso era lo que prefería a él, se dijo después de que un vecino le hubiese abierto la puerta y mientras subía por la estrecha y oscura escalera hacia el segundo piso, donde vivía ella en ese sitió lúgubre y en esa vida anodina.

Estaba tan enojado con ella que creyó que echaba humo por la cabeza.

Golpeó la puerta sin fingir siquiera cierta educación.

–Sé que estás ahí –gruñó él con rabia–. Te vi entrar en el edificio hace menos de cinco minutos.

Oyó el ruido de los pestillos y entonces ella abrió la puerta de par en par. Lo miró con el ceño fruncido y él sintió su belleza como si fuese un puñetazo en la boca del estómago. Tenía las mejillas sonrojadas y un brillo en los ojos grises. Él estaba cansado de ser considerado... o de intentarlo. ¿Acaso no había dejado que se marchara? ¿Qué más tenía que hacer? Además, ella fue quien volvió y le dejó muy claro que había sido un necio por hacerlo, que no debería haber hecho caso a lo que ella le dijo, que no debería haberle dejado que se marchara.

–No eres bien recibido aquí. Márchate.

Ella lo dijo con esa voz gélida que solo conseguía que la deseara más, que le hacía pensar en lo que derretía mejor ese hielo. Además, estuvo seguro de que ella lo había captado porque abrió mucho los ojos.

–No puedo –replicó él.

Avanzó y ella se apartó aterrada de que pudiera rozarla y que eso demostrara que era una mentirosa, supuso él. Entró en el piso y cerró la puerta con una patada.

Se quedaron solos, sin una asistente personal recién llegada en el despacho de al lado, y él bloqueando la salida. Cayo notó perfectamente que ella pensaba eso y sonrió.

Era un sitio ridículamente pequeño, un estudio, efectivamente. Todo era blanco, para intentar dar una sensación de espacio que no tenía, con algunas notas de color, como el cabecero de la cama y los almohadones morados que tenía encima. Estaba perfectamente ordenado y por eso parecía ligeramente mayor de lo que era, pero muy ligeramente.

A su derecha había un armario y la cama doble que casi entraba en la diminuta cocina. Su ordenador portátil estaba encima de una mesita y al lado de lo que parecía una taza de té abandonada. Eso hizo que sintiera una opresión en el pecho. Pudo imaginársela vestida con lo que se pusiera para dormir, con su maravilloso pelo recogido detrás y navegando por Internet mientras desayunaba un té. Apartó la mirada del ordenador, dejó de imaginarse cosas, y a su izquierda vio la sala más pequeña que había visto en su vida. Solo tenía una butaca blanca y mullida, un pequeño baúl y una estantería con la televisión encima.

Allí era donde dormía, donde soñaba, donde se imaginaba su vida sin él, donde vivía esa vida sin él aunque afirmaba que lo amaba.

También pagaría por eso, se prometió a sí mismo.

–Este es mi espacio –dijo ella con rabia–. Es una de las pocas cosas que no te pertenecen, en donde no puedes entrar y salir a tu antojo. Yo soy quien decide lo que pasa aquí y quiero que te marches.

–No voy a marcharme –replicó él mirándola fijamente–. No pienso huir cuando las cosas se ponen intensas, como otras.

Él entró más en la habitación y le divirtió ver como se alejaba de él... o lo intentaba, porque no había mucho sitio. Agarró una de las fotos enmarcadas que había en un estante encima del cabecero. Vio a una Dru más joven y pálida con un chico muy delgado que era igual que ella, con el mismo pelo oscuro y los mismos ojos grises e impenetrables. Dru miraba fijamente a la cámara con unos ojos burlones y una leve sonrisa mientras su hermano le pasaba un brazo por el cuello y se reía. Parecían felices, verdaderamente felices. La opresión en el pecho fue más fuerte.

–No huí –replicó ella arrebatándole la foto y llevándosela un instante al pecho antes de dejarla otra vez en el estante–. No tenía sentido seguir con la conversación y sigue sin tenerlo. Duele mucho.

–No dejas de huir –insistió él sin intentar suavizar la aspereza de su voz–. Saltaste de aquel maldito yate. Me exigiste que te dejara marchar. Te marchaste de mi despacho. Eso, sin contar las innumerables veces que has huido sin abandonar la habitación siquiera.

–Eso no es huir –replicó ella con los ojos entrecerrados–. Eso se llama instinto de supervivencia. Haré lo que haga falta para sobrevivir, Cayo, hasta salir por esa ventana y bajar...

–Te prometo que si intentas huir de mí otra vez –la interrumpió él con los ojos clavados en ella y en un tono que no admitía réplica–, te encerraré en la primera torre que encuentre y tiraré la llave al río.

–Otra amenaza magnífica –replicó ella sin embargo y sin inmutarse a juzgar por el brillo de sus ojos–. Es una lástima que ninguna de tus dieciséis viviendas tenga una torre.

—Entonces, la compraré.

Se miraron con furia durante un rato, mientras todo se le alteraba por dentro. ¿Qué tenía esa mujer que conseguía eso? Hasta en ese momento, solo quería echársela al hombro y tumbarla en la cama. Además, ¿a quién le importaba lo que ella pensara de eso? Sabía muy bien lo que ella sentiría y eso empezaba a ser lo único que le importaba. Ella se quedó en medio de esa salita con los brazos cruzados y las lustrosas botas tiradas al lado de la butaca. Era Dru, descalza, con calcetines y con las mejillas muy sonrojadas.

La deseó tanto que le dolió.

—¿Qué quieres, Cayo?

Ella lo preguntó en un tono delicado, como si a ella no le doliera. Él no pudo soportarlo, pero tampoco pudo hacer otra cosa.

—Te quiero a ti —contestó él con seriedad y aguantándole la mirada—. Eso no ha cambiado, Dru, y no creo que vaya a cambiar.

Ella se abrazó con más fuerza, pero palideció y se mordió el labio inferior. Él quiso agarrarla, hundir la cara en su pelo e inhalar su dulce fragancia. Quiso agarrar sus delicados hombros con las manos y ser lo que le aliviara el dolor, no lo que lo causara. Sin embargo, nunca había sabido cómo se hacía eso. Nunca lo había intentado. No sabía por dónde empezar y ella siempre se había marchado.

Sin embargo, ella lo amaba y eso era como una luz muy intensa donde siempre había habido oscuridad. Eso era todo.

—Lo que te dije en tu despacho lo dije sinceramente —susurró ella—. No debería haber reaparecido. Debería haberme mantenido al margen. Si te marchas ahora, no volverás a verme nunca.

–Te creo –él consiguió no tocarla, pero le costó–. Sin embargo, no estoy dispuesto a ver cómo te martirizas por mí.

Dru sintió como si la hubiese pateado.

–No soy una mártir –replicó ella en voz baja y con la cabeza dándole vueltas.

–¿Estás segura? –preguntó él con una voz aterciopelada, peligrosa y exigente–. Casi puedo ver las llamas alrededor de ti mientras te inmolas por lo que has elegido.

Ella no podía con aquello. Él era demasiado imponente en medio de ese piso minúsculo en el que casi no cabía. Era como si el espacio fuese a desgarrarse por el esfuerzo de contener toda su fuerza. No podía encontrar sentido a todo eso ni respirar para pasar el nudo que tenía en el estómago.

–No tengo ni idea de lo que estás hablando –dijo aunque pareció que no lo había dicho ella.

Él se acercó y la arrinconó contra las ventanas que había en el extremo opuesto de la habitación. Bastaron tres pasos. Sintió el frío cristal en la espalda y Cayo fue como un muro enorme, tentador y más peligroso que cualquier otra cosa del mundo.

–¿Qué te has dicho a ti misma, Dru? –le preguntó él en ese tono delicado que hizo que ella mirase alrededor para buscar una escapatoria–. ¿Has llorado por mí, por el hombre que no puede corresponder a tu amor? ¿Te has olvidado de que yo también te conozco?

–¿Estás burlándote de mí? ¿Eres así de monstruoso después de todo?

Ella lo preguntó con cierta incredulidad, sin estar segura de si lo que se adueñaba de ella era la furia o el dolor. Miró su rostro despiadado y se preguntó por qué había esperado otra cosa.

Los ojos color ámbar oscuro de él dejaron escapar un destello que no fue de maldad; fue algo que la estremeció e hizo que contuviera la respiración. Rabia, furia y ese deseo incontenible que fue lo primero que los enredó en eso.

—Muy oportuno para ti... —comentó él en un tono mortífero aunque delicado, como el de un amante—. Es muy oportuno que puedas encontrar a alguien a quien amar con tanta valentía... y desde la distancia.

Sus palabras fueron como unas bofetadas. Dru dejó escapar un sonido aterrador y creyó que las piernas no iban a sujetarla. Se agarró al alféizar de la ventana mientras Cayo seguía mirándola sin compasión.

—Solo amas lo que nunca te amará a ti —siguió él como si no le importara que estuviese destrozándola—. Organizas tu vida alrededor de objetos distantes que puedes rodear, pero no acercarte a ellos.

—Tú... —ella no podía hablar, se sentía aprisionada—. Tú no sabes de lo que estás hablando.

—¿No? —ella captó las sombras que había en sus ojos—. ¿Me amas, Dru, o solo crees que me amas porque te imaginas que nunca podré corresponderte? En realidad, no correrías ningún riesgo. Fingirías sufrir por tu gran amor mientras seguirías completamente sola, como siempre. Encerrada herméticamente. La perfecta y maldita mártir —él hizo una pausa con un destello en los ojos y bajó la voz—. Como hiciste con tu hermano.

Ella levantó una mano como si quisiera defenderse de él. No podía dejar de temblar y se dejó caer a lo largo de la pared. Él, sin embargo, no cedió, era implacable hasta la crueldad. Se agachó delante de ella con al abrigo flotando como una capa y los pantalones del traje ceñidos a sus poderosos muslos, como un dios despiadado que dictaba su aterradora sentencia.

–Tú no tienes ni idea de lo que es el amor –siguió él como si ella no lo hubiese entendido.

Dru solo pudo mirarlo fijamente durante un rato eterno, que le pareció que duraba un siglo. Estaba estupefacta, tan profundamente impresionada que ni siquiera podía llorar. Se sintió como si estuviese abierta por la mitad y él fuese una luz inclemente que mostraba toda su oscuridad.

Le dolió tan intensamente que, vagamente, sospechó que el verdadero dolor no había llegado todavía, que eso solo era la conmoción que lo precedía.

–¿La tienes tú? –preguntó ella por fin con cierta animadversión aunque le tembló la voz.

Los ojos de Cayo resplandecieron como oro fundido que la abrasaba y le daba la vida. Le tomó las manos. Debería haberlas retirado, pero se deleitó con su contacto después de tanto tiempo. La sangre le hirvió traicioneramente, como si él poseyera cada rincón de ella independientemente de lo que se dijera a sí misma... o le dijera a él.

–Te diré lo que sé –contestó el con una voz baja y un acento muy marcado aunque melodioso que fue como una caricia–. Te quiero. Te quiero de una manera que no puedo entender. Puedo vivir sin ti, pero no quiero, no sé qué sentido tendría.

–Cayo...

–Cállate –le ordenó él–. Lo intenté. Dejé que te marcharas. Tú volviste –su rostro bárbaro pareció casi serio–. Solo amas lo que no puedes conseguir y yo solo he sido un monstruo. Solo he sido lo que quería ser –su despiadada boca esbozó una levísima sonrisa–. Hasta ahora.

Algo nuevo y precario brotó entre ellos. Ella notó las lágrimas que le caían por las mejillas, pero no hizo nada para secárselas. Solo podía ver a Cayo y notó algo que aleteaba con cautela, frágilmente, como uno de esos colibrís que Dominic se tatuó en su piel, como un regalo. Pensó que era esperanza y ese vacío espantoso que la había devorado viva durante tanto tiempo empezó a cerrarse.

No quería más dolor, no quería esa parte masoquista que tenía, lo quería a él. Siempre lo había querido y estaba harta de ocultarlo. Era el momento de parar.

Era el momento de que fuese ella quien diese un paso adelante. Se inclinó, le acarició el firme mentón y le tomó el rostro implacable e irresistible entre las manos. Notó su calor que la quemaba de dentro afuera.

–Y no soy una mártir y tú tampoco eres un monstruo –aseguró ella en voz baja pero firme–. Entonces, ¿qué se supone que somos los dos?

–Esa es la cuestión. Quiero descubrirlo contigo.

Él le tomó las manos y la miró derritiéndose. El mundo dio vueltas alrededor de los dos y esa llama tan conocida volvió a encenderse ardiente, brillante y sincera. Los convirtió en algo más de lo que eran antes. Los fundió en un solo ser, no de arcilla, sino de acero templado.

–Creo que podemos conseguirlo –susurró ella antes de besarlo.


La encontró en una tumbona de la cubierta de la suite en el inmenso yate. Mostraba sus maravillosas curvas con toda la perfección que permitía el pequeño biquini.

Ella sonrió al verlo, pero no dejó la tableta electrónica hasta que él la levantó en brazos y la besó en la boca con avidez. Hacía casi veinticuatro horas que no la veía, pero le habían parecido siglos.

–¿Qué pasa? –le preguntó ella mirándolo fijamente con sus perspicaces ojos.

Él se metió la mano en el bolsillo y sacó un estuche largo, estrecho y blanco. Se lo dio. Ella lo miró a él antes de mirar el estuche y abrirlo. Contuvo el aliento y Cayo se quedó en tensión al no saber si había sido acertado.

Dru levantó el colgante en el aire y lo miró con lágrimas en los ojos.

–Colibrís... –susurró ella.

Dos pájaros de vivos colores, que solo podían ser de cristal de Murano, colgaban de una cadena de plata. Resplandecieron por los rayos del sol y pareció que estaban vivos. Volvió a mirarlo a él con los ojos húmedos, pero estaba sonriendo.

–No lo olvidarás –dijo Cayo con la voz ronca–. Y yo tampoco.

Lo abrazó y lo besó hasta que los dos suspiraron.

Ya habían pasado ocho meses desde aquella escena en el diminuto estudio de Clapham. Ocho meses con ella en su vida poniéndolo a prueba, cambiándolo y haciendo que se preguntara cómo había podido vivir sin ella durante tanto tiempo. Ya no podía imaginarse una situación sin ella, que, asombrosamente, lo había convertido en un hombre que nunca creyó que pudiese ser. Un hombre de carne y hueso, vivo, que, después de todo, no era un monstruo, que no lo sería siempre que ella lo amara.

–¿Cuándo vas a casarte conmigo? –le preguntó él cuando tuvieron que respirar y ella estaba derretida entre sus brazos.

–Cuando te lo merezcas.

Dru se apartó un poco, se secó los ojos y lo miró como si eso fuese algo muy improbable. Él se rio.

–¿Tengo que sobornarte? No aceptas ni casas ni tierras ni islas...

Él hizo un gesto con la mano hacia la pequeña isla en el mar Egeo, una isla privada y deshabitada, una isla suya. Ella se había empeñado en que él visitara todas sus posesiones o las vendiera. Estaba visitándolas y cada vez dejaba más las minucias de sus asuntos en manos de sus eficientes directores generales; delegaba. Esa isla griega, cerca de Mikonos, era la última de la lista. Le había gustado la idea de visitarlas con ella.

–Efectivamente, no quiero tus posesiones, pero...

–¿Pero...? –ella le divertía y lo fascinaba.

–Es posible que una empresa... –los ojos grises le brillaron mientras se colgaba los colibrís del cuello–. Una pequeña...

–La verdad, no me sorprende darme cuenta de que la vida ociosa te aburre.

–Tienes una agencia de publicidad en Nueva York que necesita urgentemente alguien que la dirija, ¿no?

Él sabía perfectamente que ella estaba al tanto de todo lo que hacía.

–¿Qué sabes sobre la dirección de una agencia de publicidad?

Su tono fue indulgente aunque sabía con absoluta certeza que esa mujer podía hacer lo que quisiera y hacerlo bien.

–Te he dirigido a ti durante cinco años –contestó ella con ironía–. Me imagino que, en comparación, una empresa llena de americanos creativos será como una leve brisa marina. En realidad, algo parecido a unas vacaciones.

–Te amo –dijo él porque la amaba y porque lo que más podía complacerle era que su imperio fuese de los dos–. Puedes dirigir lo que quieras, mi amor, pero tendré que insistir en que te cases conmigo.

Ella se limitó a mirarlo con los ojos brillantes. Él le tomó las manos y la atrajo hacia sí.

–Todos mis contratos tienen una cláusula poco conocida –dijo él en voz baja mientras le besaba las pecas de la nariz–. Todas las filiales del Grupo Vila tienen que estar dirigidas por un Vila. Tú sabrás, yo no puedo hacer nada...

Dru se rio y le rodeó el cuello con los brazos.

–Ya sabes cuánto me gusta sacrificarme –bromeó ella–. En este caso, es una ventaja que te ame lo suficiente para hacer ese sacrificio tan inmenso.

–Lo es –gruñó él antes de sonreír y besarla.

Efectivamente, sería una ventaja, pensó él. Una ventaja enorme y dedicarían sus vidas a que fuera mayor. Era Cayo Vila, no aceptaba una negativa por respuesta y no sabía cómo se fracasaba.

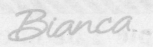

## No era la típica damisela en apuros

Por encima de todo, el jeque Amir quería redimir los escándalos de su familia. Así que lo último que deseaba era tener que enfrentarse a una sensual y bella extranjera que acababan de entregarle para que se convirtiera en su esclava sexual.

Cassie había sido secuestrada por unos bandidos y entregada a un jeque como si fuera un objeto y no una persona, pero se negaba a ser el juguete de un hombre. Aun así, después de pasar una semana en la tienda de Amir fingiendo ser su amante, empezaba a darse cuenta de lo difícil que iba a ser resistirse a sus encantos. Sobre todo cuando tenían que compartir la misma cama…

Esclava del jeque

Annie West

# Acepte 2 de nuestras mejores novelas de amor GRATIS

## ¡Y reciba un regalo sorpresa!

## Oferta especial de tiempo limitado

**Rellene el cupón y envíelo a**
**Harlequin Reader Service®**
3010 Walden Ave.
P.O. Box 1867
Buffalo, N.Y. 14240-1867

**¡Sí!** Por favor, envíenme 2 novelas de amor de Harlequin (1 Bianca® y 1 Deseo®) gratis, más el regalo sorpresa. Luego remítanme 4 novelas nuevas todos los meses, las cuales recibiré mucho antes de que aparezcan en librerías, y factúrenme al bajo precio de $3,24 cada una, más $0,25 por envío e impuesto de ventas, si corresponde*. Este es el precio total, y es un ahorro de casi el 20% sobre el precio de portada. !Una oferta excelente! Entiendo que el hecho de aceptar estos libros y el regalo no me obliga en forma alguna a la compra de libros adicionales. Y también que puedo devolver cualquier envío y cancelar en cualquier momento. Aún si decido no comprar ningún otro libro de Harlequin, los 2 libros gratis y el regalo sorpresa son míos para siempre.

416 LBN DU7N

| | |
|---|---|
| Nombre y apellido | (Por favor, letra de molde) |
| Dirección | Apartamento No. |
| Ciudad | Estado | Zona postal |

Esta oferta se limita a un pedido por hogar y no está disponible para los subscriptores actuales de Deseo® y Bianca®.
*Los términos y precios quedan sujetos a cambios sin aviso previo.
Impuestos de ventas aplican en N.Y.

SPN-03 ©2003 Harlequin Enterprises Limited

## Una noche de invierno
### BRENDA JACKSON

Riley Westmoreland nunca mez-
claba el trabajo con el placer has-
ta que conoció a la impresionante organizadora de eventos que
había contratado su empresa,
Alpha Blake. Cuando Riley se llevó a Alpha a su cama supo que
una noche no sería suficiente. Y
cuando el pasado de Alpha supuso una amenaza para su relación, Riley hizo lo que haría cualquier Westmoreland: se prometió
a sí mismo conquistar el corazón
de Alpha... para siempre.

*Una promesa por cumplir...*

# ¡YA EN TU PUNTO DE VENTA!